마더후드

MOTHERHOOD

MOTHERHOOD

마더후드

실라 헤티

SHEILA HETI

MOTHERHOOD

참고할 것

동전 세 개를 던지는 기법은 중국에서 3천 년도 전에 집필된 주역을 참고한 것으로 점을 치는 데 사용된다. 왕이나 민간인이나 할 것 없이 전시 같은 위기 상황이나 일상의 고민에 두루두루 주역점을 사용했다. 동전 세 개를 여섯 번 던져 육십사괘 중 하나를 얻고, 괘사를 읽어 그 뜻을 해석한다. 주역의 해석에 가장 중요한 역할을 한 철학자 중 한 명인 공자는 살날이 쉰 해 남았다면 그 시간에 주역을 연구하겠노라 말했다. 주역의 원본은 방대하고 심오한 우주 철학의 사상을 은유로 점철된 시적인 언어로 표현하였으며 그 체계가 복잡하여 난해하기로 유명하다.

앞으로 나올 내용에서는 동전 세 개를 사용했다. 주역점에서 영감을 받았지만 실제 주역점과는 자못 다르다.

또 하나 참고할 것

이 책에서 동전 던지기로 얻은 답은
실제로 동전을 던져서 나온 결과다.

ℓ

평생 나는 멀찌가니 거리를 두고 세상을 보거나 아예 세상에 시선을 주지 않았다. 매 순간 머리 위로 날아가는 새, 구름, 별, 그리고 살갗을 스치는 바람과 피부에 내려쬐는 햇볕에 주의를 기울이지 않았다. 무감각한 정신의 잿빛 세계에 머무른 채로 세상만사를 이해하려고 했으나 어떤 결론에도 도달하지 못했다. 세상에 대한 관점을 정립할 시간을 원했으나 시간은 늘 부족했고, 세계관이 있는 사람들은 어려서부터 자기만의 가치가 뚜렷했지 마흔 살이 되어서 그것을 발견하지는 않는 듯했다. 마흔 살에 시작할 수 있는 일은 문학뿐이라는 것을 알았다. 문학의 세계에서는 마흔 살 초심자도 꽤 젊은 축에 속한다. 하지만 다른 모든 분야에서 나는 늙었다. 나는 아직 내 보트도 못 찾고 물가를 헤매고 있는데 다른 보트들은 저 멀리 바다로 나가 있는 격이다. 여자아이가 우리 집에 잠시 머물렀는데, 열두 살이었던 그 아이를 볼 때만큼 나의 한계를 절절히 느낀 적이 없다. 내가 얼마나 약하고 순종적인지, 나의 반항이 얼마나 보잘것없는지 느꼈다.

무엇보다 나의 무지와 감상적인 기질을 절감했다. 어느 날 아침에 거실로 나와 탁자에 올려져 있던 반쪽짜리 핫도그를 보고 나는 바나나라고 불렀다. 그때 나는 이 세상을 살기에 내가 너무 늙어버렸음을 깨달았다. 열두 살 여자아이가 자연스레 나를 추월했고 계속해서 앞서리라는 것을 알았다. 잿빛 진창 같은 나의 정신을 견고하고 단단한 것으로, 나와 별개이며 전혀 다른 무언가로 변화시켜야 했다. 그것이 나의 유일한 희망이었다. 이 견고한 것이 무엇이며 어떤 형태일지는 몰랐다. 너무도 나약한 나와는 딴판인 강력한 괴물을 창조해야 했다. 나와 분리된 존재, 나보다 지혜로우며 자기만의 세계관이 뚜렷하고, 반쪽짜리 핫도그처럼 단순한 것을 착각하지 않는 괴물을 창조해야 했다.

책상 위로 동전 세 개를 던진다. 두 개 이상 앞면이 나오면 답은 '그렇다'이다. 두 개 이상 뒷면이 나오면 답은 '아니다'이다.

이 책을 쓰기를 잘한 걸까?

그렇다

지금이 시작하기에 적절한 시기인가?

그렇다

여기, 토론토에서?

그렇다

그럼 걱정할 문제가 하나도 없네?

그렇다

그렇다니, 걱정할 문제가 아무것도 없다고?

아니다

걱정할 문제가 있을까?

그렇다

무엇을 걱정해야 하지? 내 영혼을?

그렇다

책을 읽으면 영혼에 도움이 될까?

그렇다

조용히 있으면 영혼에 도움이 될까?

그렇다

이 책이 영혼에 도움이 될까?

그렇다

그럼 내가 전부 제대로 하고 있는 걸까?

아니다

내가 잘못하고 있는 게 연애인가?

아니다

타인의 고통을 못 본 척하는 게 잘못되었나?

아니다

정치에 무관심한 것이 잘못되었나?

아니다

내게 주어진 삶을 감사히 여기지 않는 것이 잘못되었나?

그렇다

내게 주어진 시간과 자원으로 할 수 있는 것들을 감사히 여기지 않는 것이?

아니다

나라는 유일무이한 존재를 감사히 여기지 않는 것이?

그렇다

나라는 유일무이한 존재에 대해 고민할 시간은 끝났나?

그렇다

이제는 시간의 영혼에 대해 생각해야 할까?

그렇다

이 책을 시작할 모든 준비가 갖춰졌을까?

그렇다

맨 처음에서 시작해 시간순으로 써나가야 할까?

아니다

내키는 대로 쓰고 나중에 하나로 엮을까?

아니다

다음에 나올 내용을 미리 계획하지 않고 처음에서 시작할까?

그렇다

이 대화가 시작인가?

그렇다

에리카가 사준 색색 가지 마스킹테이프가 저기 있는데, 저것
들을 사용할까?

아니다

그냥 저기에 두고 보기만 할까?

아니다

에리카에게 돌려줄까?

아니다

안 보이는 곳으로 치울까?

그렇다

찬장에 보관할까?

그렇다

나 자신 말고 시간의 영혼에 대해서 생각하기란 쉽지 않을 터이다. 나에 대해서야 늘 생각해왔지만 시간의 영혼에 대해서는 깊이 사유해보지 않았으니까. 하지만 무슨 일이건 첫 술에 배부르랴. 몇 달 전 연말에 에리카와 뉴욕에 다녀온 이래 시간의 영혼이라는 구절이 머릿속을 떠나지 않았다. 여행을 떠나기 조금 전에 나를 사로잡은 관념이다. 전철역에서 에리카에게 이것에 대해 세세히 설명한 것이 기억난다. 우리는 테레사

그렇다

머리가 지끈거리고 너무 피곤하다. 낮잠을 자지 말걸. 하지만 낮잠을 안 잤으면 지금보다 더 기분이 나빴을 거야, 그렇지?

아니다

꒰꒱

오늘 마일스가 집을 나설 때 나는 울음을 터뜨렸다. 왜 우냐고 그가 묻자 나는 할 일이 없어서라고 했다. 마일스가 말했다. 당신은 작가야. 『봉주르 필리핀』을 다룬 책이 있고 주역에 관한 책도 있고, 시몬 베유에 관한 책도 있잖아. 왜 그중 하나를 붙들고 일하지 않아? 마일스는 시몬 베유에 관한 책을 언급하기 전에 잠시 주저했는데, 몇 주 전에 그가 나에게 시몬 베유의 사상을 주제로 써보라고 권하자마자 분위기가 어색해졌기 때문이다. 그가 내게 책의 주제를 제안한 것이 거북스러웠다. 난 단박에 대놓고 거절했지만 정오쯤엔 벌써 시몬 베유에 관한 책을 쓰기 시작했다. 그날 오후에 마일스는 내게 기분이 괜찮냐고 물었고, 몇 시간 후에 전화해서 다시 물어봤다. 따지고 보면 그가 나를 걱정할 게 아니라 내가 그를 걱정해야 한다. 새 직장을 시작해서 공부할 시간이 없는 사람은 내가 아니라 마일스니까. 그렇지?

아니다

우리가 서로를 걱정하는 게 당연한가?

그렇다

나는 참 별걸 다 가지고 마음을 졸인다.

$\backsim$

오늘 정오쯤에 아버지와 시골로 드라이브를 다녀왔다. 6월에
뉴욕으로 삼 주간 여행을 갈지 말지 결정하고 싶었다. 테레사
와 월터가 뉴욕을 잠시 떠나게 되어 집이 빌 터이니 원하면 자
기들 집에 와서 지내라고 권했다. 한참 고민한 끝에 나는 바로
지금 이 순간에 내 기분을 북돋고 가슴을 따뜻하게 해주는 쪽
을 선택하기로 했고, 끝내 토론토의 내 집에서 지내기로 마음
먹었다. 드라이브를 다녀와서 낮잠을 자고 상쾌한 기분으로
일어났다. 침실의 보랏빛 소파에 앉아서 상념에 잠겼다. 새 책
을 시작하지 않고 오랫동안 미루어왔는데, 마일스가 새 직장
에서 긴긴 근무를 시작한 지금, 선택할 시간이 스스로 나를 찾
아왔다. 변화를 꾀하고 뉴욕으로 가서 신나게 놀 것인지, 아니
면 마일스의 표현대로 작가답게 살 것인지. 마일스는 내가 작
가라는 사실을 잊지 않게 해준다. 두문불출하며 글을 쓰는 것
은 내 방식이 아니라고 말하고 싶었지만 결국 말하지 않았다.
며칠 전에 마일스는 작가의 삶이 흥미로워지는 순간 글의 질
이 떨어질 수밖에 없다고 말했고, 나는 이렇게 대꾸했다. 당신

은 내가 흥미로운 삶을 살기를 원하지 않는 거야! 아직도 이
말이 마일스의 귓전에 울리고 있나?

그렇다

내가 그의 마음에 상처를 입혔나?

그렇다

그가 언젠가는 잊어버릴까?

아니다

오늘 밤에 사과해야 할까?

그렇다

⁓

어젯밤에 마일스와 다정하게 시간을 보냈지만 그래도 나는 내
가 한 말을 사과하고 테레사와 월터의 집에서 삼 주를 보내지
않기로 했다고 말했다. 마일스는 말했다. 당신이 뉴욕에 다녀
올 때마다 배우고 오는 가치를 난 이해하지 못하겠어. 나는 마
일스를 사랑한다. 마일스는 지난주에 내게 선물한 라일락을
꽂아둔 꽃병의 물을 조금 전에 갈았다. 라일락이 책상에서 시
들고 있었는데 나는 알아채지도 못했다. 밖에서 아이스크림
트럭이 특유의 애달픈 음악을 울리며 지나간다. 나는 저녁에
마신 포도주에 알딸딸하게 취했다. 기분이 꽤 좋다. 내 기분이
어떤지가 과연 중요한가?

아니다

그래, 나도 중요하지 않다고 생각해. 기분이란 한나절에도 수차례 바뀌지. 삶이라는 바다에서 기분을 방향키나 지도 혹은 길잡이로 삼으면 안 된다. 그렇게 하고 싶은 유혹은 늘 도사리고 있지만. 무엇을 삶의 지침으로 삼아야 할까? 가치관?

그렇다

미래를 위한 계획?

아니다

예술가로서의 목표?

아니다

주변 사람들, 그러니까 내가 사랑하는 사람들이 필요로 하는 것들?

그렇다

안정된 삶?

아니다

모험?

아니다

영혼을 성숙하게 하고 깊이를 더하는 것들?

아니다

행복을 주는 것들?

그렇다

그러니까 나의 가치관과 행복, 주변 사람들이 필요로 하는 것들을 지침으로 삼아 살아가야 하는구나.

어머니는 사십 일을 주야로 울었다. 내 기억 속에서 어머니는 늘 울고 있다. 나는 커서 어머니 같은 여자가 되지 않겠다고, 울지 않겠다고 다짐하곤 했다. 또한 어머니의 눈물도 내가 멈추겠노라 다짐했다. 내가 왜 우냐고 물어보면 어머니는 이렇게밖에 답하지 못했다. 피곤해서. 어떻게 늘 피곤하지? 어린 나는 궁금했었다. 엄마는 자신이 불행한지 모르나? 불행하면서 자신이 불행하다는 사실을 모르는 일이야말로 최악이라고 생각했었다. 나는 자라면서 내가 불행함을 암시하는 신호를 강박적으로 찾았다. 그러다 나 또한 불행해졌다. 눈물이 차올랐다.

어린 시절 내내 나는 죄책감에 시달렸다. 내가 하는 모든 말을, 내가 의자에 앉는 방식까지 포함해 모든 몸짓을 주의 깊게 검토했다. 내가 무엇을 해서 엄마를 울렸을까? 어린아이들은 심지어 하늘에 떠 있는 별도 자기와 연관 지어 생각하는 법이라, 자연스레 나는 엄마의 슬픔을 내 탓으로 돌렸다. 나는 왜 하필 태어나서 엄마를 슬프게 했을까? 내가 초래한 슬픔이므로 내가 없애주고 싶었다. 그러나 나는 너무 어렸다. 내 이름도 쓸 줄 몰랐다. 그렇게 무지한 내가 어떻게 어머니의 고통을 조금이라도 이해할 수 있었겠는가? 지금도 이해하지 못한다. 세상 그 어떤 아이도 아무리 노력한들 자기 어머니를 고통의 수렁에서 구할 수 없다. 그리고 어른이 되어서는 너무 바빴다. 글을 쓰느라 너무 바빴다. 어머니는 자주 말한다. 너는 자유로워. 사실인지도. 내가 좋아하는 일을 하고 있으니까. 그러니까 나는 어머니의 아픔을 잠재울 것이다. 내가 이 책을 완성하고 나면 어머니도 나도 두 번 다시 울지 않으리라.

이 책은 앞날의 눈물을 방지할 책이다—어머니와 나의 눈물을 닦아줄 것이다. 어머니가 이 책을 읽고 다시는 울지 않는다면 나는 성공했다고 자부할 수 있겠지. 아이에게 어머니의 슬픔을 덜어줄 책임이 없다는 사실은 알지만 나는 이제 한낱 아이가 아니다. 나는 작가다. 아이에서 작가로 성장하며 겪은 변화를 통해 힘을 얻었다. 그 신비한 힘이 손끝에 닿을 듯하다. 내가 충분히 훌륭한 글을 쓰면 어머니가 눈물을 멈출지도 모른다. 어머니가 우는 이유와 내가 우는 이유를 알아내고, 나의 글로 우리 두 사람을 치유할 수 있기를 바란다.

⌒

관심이 영혼일까? 어머니의 슬픔에 관심을 기울임으로써 나는 그 슬픔에 영혼을 부여하는 것일까? 어머니의 불행에 관심을 기울이고, 그것을 글로 표현하여 새로운 무언가로 탈바꿈하면, 납을 금으로 바꾸는 연금술사처럼 될 수 있을까? 이 책을 팔면 대가로 금전을 받는다. 일종의 연금술이다. 암흑물질을 금으로 바꾸려고 했던 철학자들처럼 나는 어머니의 슬픔을 금으로 바꾸고 싶다. 금을 얻으면 어머니를 찾아가서 건네주며 말하련다. 여기 엄마의 슬픔이 있어요. 금으로 바뀌었어요.

이 책의 제목을 시간의 영혼이라고 지을까?

그렇다

부제가 있어야 할까?

아니다

제목이 좋건 나쁘건 일단 정해놓으면 한결 마음이 놓인다. 시간의 영혼이라는 제목이 좋은가?

아니다

좋지 않지만 그렇게 지어야 할까?

그렇다

전반적으로 보았을 때 책의 제목은 그리 중요한 요소가 아니다. 그러나 저자로서 책임이 있는 나에게는 좋은 제목이 물론 중요하다. 형편없는 제목으로 책을 펴내면 취향이 나쁘다고 비난의 화살을 받을 사람은 나니까. 하지만 세상 사람들에게 책 한 권의 제목이 좋고 나쁘고는 중요하지 않다. 따라서 제목을 두고 전전긍긍할 필요는 없다. 사실, 이 책이 훌륭해야 할 필요가 있을까?

아니다

어차피 출간되지 않아서 아무도 읽지 않을 테니까?

그렇다

아무도 읽지 않을 글을 쓰는 게 무슨 소용이지? 관객 없이는 예술도 없다고, 예술 작품이 창조되는 것으로는 충분하지 않다고 말한 사람이 누구였더라. 관객을 염두에 두고 예술 작품을 창조하는 일은 잘못되었나?

그렇다

창조하는 경험에만 집중해야 할까?

아니다

인간은 신이라는 관객이 아닌 존재를 위해 예술을 창조하나?

그렇다

세상에 영광을 불러오기 위해?

아니다

살아 있음을 감사하는 마음으로?

그렇다

또한 인간은 예술을 창조하는 존재이니까?

그렇다

나의 열등감이 마일스와의 관계를 망칠까?

그렇다

내가 그것을 방지하기 위해 할 수 있는 일이 있을까?

그렇다

오랜 시간이 걸릴까?

그렇다

내가 열등감을 극복했을 즈음엔 우리 관계가 끝나 있을까?

그렇다

우리의 이별에 순기능이 있을까?

그렇다

두 사람 모두에게?

그렇다

지금 마일스는 나와 같이 먹을 저녁을 요리하고 있다. 여기서 이 글을 쓰는 대신 부엌에 가서 그의 옆에 있어주어야 할까?

그렇다.

좋아. 지금 갈게.

⌐

침대에 앉아 있는데 창밖에서 매미 울음소리가 들려온다. 마일스는 구멍가게에 갔다. 저녁을 먹기 전에 던진 질문으로 돌아가자. 내가 열등감을 극복했을 즈음엔 우리 관계가 끝나 있을까? 이 질문을 할 때는 미처 깨닫지 못했는데, 내가 열등감을 극복했을 때 우리 관계가 이미 끝나 있다는 말이, 나는 죽은 후에야 비로소 열등감에서 벗어날 수 있다는 뜻이었을까? 나는 죽은 후에 열등감에서 벗어날 수 있고, 살아 있는 동안에는 우리가 끝까지 서로 사랑하며 함께할 거라는 뜻이야?

그렇다

아, 좋다! 기분이 좋다. 세상만사가 어제보다 백만 배는 더 밝게 보인다. 뉴욕에 가서 테레사와 월터의 집에 머무르지 않기로 하기를 잘했다. 여기서의 삶이 훨씬 더 풍요롭고 충만하고 진실하게 느껴진다.

어젯밤에 무척이나 생생한 꿈을 꿨는데, 놀라운 꿈에서 나는 다섯 살쯤 된 내 아들과 있었다. 아이의 얼굴을 한참 바라보았다. 아이가 내 아들임을 알았으며 내가 꿈꾸고 있다는 사실도 알았다. 그 모든 경험을 글로 쓰고 싶었다. 내가 정말로 이런 꿈을 꾸었으며, 꿈에서 미래의 아들을 보았다고 쓰고 싶었다. 아이는 의심의 여지 없이 나와 마일스의 아들이었다. 피부색은 나와 마일스보다 조금 더 가무잡잡했고, 총명하고 감수성이 예민해 보였다. 꿈속에서 내가 울기 시작하자 슬픔의 눈물이 뺨을 타고 흘렀다. 아이는 부엌 창가에 앉아 나를 보고 있었는데, 어른이 우는 모습을 보고 놀란 듯했다. 아이 앞에서 이렇게 감정을 드러내면 안 된다고, 아이에게 너무 큰 부담이라고 생각했다. 아이는 정말이지 참으로 섬세하고 사랑스러웠다. 아이를 향한 사랑을 느꼈다. 하지만 내가 상상해온 감정과는 달랐다. 왠지는 모르지만 사랑이 생각만큼 심장 깊숙이 자리하지는 않는 듯했다. 아이가 조금 낯설고 멀게 느껴졌다. 하지만 아이의 얼굴과 눈을 바라보면 행복했다. 나는 스스로에게 말했다. 내 미래 아들의 얼굴을 보고 있다니 믿을 수 없어! 그런 아이를 가지면 참 좋겠다고 생각했다. 아이는 늘씬하고 아름다웠다.

한밤중에 깨어났을 때 내가 이제껏 인생을 엉망진창으로 살아왔다는 생각이 엄습하며 겁이 나고 몸서리가 쳐졌다. 거의 마흔 살이 된 마당에 여전히 출생지를 떠나지 못하고 쥐가 들끓는 아파트에 세 들어 살며 적금이라고는 땡전 한 푼 없이 변변치 않은 수입으로 먹고사는 아이 없는 이혼녀라니. 내 결혼이 결딴났을 때 아빠가 건넨 조언을 실천하지 못한 모양이다. 앞으로는 *정신 똑바로 차려라.* 정신 똑바로 차리는 대신에 나는 계속해서 삶의 파도에 이리저리 휩쓸리며 아무것도 이루어내지 못했다.

〰

마일스는 결정은 내 몫이라고 말했다. 자기는 어린 나이에 뜻하지 않게 얻은 아이 하나로 족하다고 했다. 마일스의 딸은 외국에서 자기 어머니와 살다가 명절이면 우리를 찾아오고, 여름에는 방학 기간의 절반을 우리와 보낸다. 위험이 따르지, 마일스는 말한다. 마일스의 딸은 사랑스럽지만, 내가 어떤 아이를 낳을지는 아무도 모르는 일이다. 당신이 원하면 아이를 갖자. 마일스는 말했다. 하지만 당신이 아이를 진심으로 원한다는 확신이 있어야만 해.

아이를 원하는지 아닌지, 이건 나 자신에게까지 숨기는 비밀이다. 스스로에게 숨기는 가장 큰 비밀.

확신이 서지 않을 때는 기다리는 것이 최선이다. 하지만 얼마나 오래 기다리지? 다음 주에 나는 서른일곱 살이 된다. 어떤 결정은 고민할 시간을 많이 주지 않는다. 자기가 아이를 과연 원하는지 확신하지 못하는 서른일곱 살 여자들, 우리가 아이를 낳은 뒤의 삶을 어떻게 예측할 수 있겠는가? 자식 덕분에 느끼는 행복이 있다면 자식 탓에 느끼는 불행도 있다. 자식이 없어서 누리는 자유가 있다면 자식을 가져보지 못한 상실감도 있다. 그런데 무엇을 상실했지? 사랑, 아이, 또한 아이가 있는 여자들의 입에서 달콤히 흘러나오는 모성이라는 것. 그들이 아이를 두고 하는 말을 들어보면 아이는 키워야 하는 의무의 대상이 아니라 소유의 대상인 것만 같다. 키우는 일이야말로 몹시 고될 텐데. 아이를 갖는 일은 근사하겠지. 그러나 아이는 부모의 소유가 아니다. 아이는 키워야 하는 대상이다. 나의 삶이 아이 있는 여자들 대부분의 삶보다 풍요롭다는 사실은 알지만, 어떤 관점에서 보면 결핍투성이다. 빈손이라고도 할 수 있다. 나는 이런 내 삶이 좋다. 나는 아이를 원하지 않는 듯하다.

어제 테레사와 통화했다. 테레사는 쉰 살쯤 되었다. 나는 주변 사람들이 결혼하고 집을 사고 아이를 낳고 저축하면서 갑자기 나를 제친 것 같다고 푸념했다. 그러자 테레사는 그런 기분이 들 때면 자신에게 진정 중요한 것이 무엇인지 성찰해보라고 조언했다. 자기만의 가치관을 잣대로 삼아야 한다고 했다. 많은 사람이 관습적인 삶에 빠진다. 온갖 것이 우리를 관습적인 삶으로 떠민다. 하지만 올바른 길이 어떻게 하나뿐이겠는가? 올바르다고 보편적으로 인정되는 길을 택했지만, 자기 자신에게는 잘못된 선택인 경우가 많다고 테레사는 말했다. 그들은 마흔다섯 살에, 쉰 살에 벽을 맞닥뜨린다. 표면에서 둥둥 떠다니면 편하지. 하지만 언제까지고 떠 있을 수는 없어.

～

나는 왜 아이를 원할까? 사람들이 존경하는 그런 어머니가 되고 싶어서? 칭찬받고 싶어서? 정상적인 여자로 보이고 싶어서? 가장 멋진 종류의 여자가 되고 싶어서? 일만 하는 것이 아니라 한 생명을 돌볼 의지와 능력이 있는 여자. 아이를 낳을 수 있고, 누군가가 아이를 함께 가지고 싶어 하는 그런 여자. 내가 아이를 원해서 결국 낳는 (소위 정상적인) 여자라고 스스로에게 증명하고 싶은 것일까?

아이를 원하지 않는 감정은 타인의 시선에 나를 맞추고 싶지 않은 바람과 일맥상통한다. 부모들은 내가 얻을 수 있는 그 무엇보다 굉장한 것을 가졌지만, 나는 그것을 원하지 않는다. 그것이 아무리 굉장하더라도 말이다. 어떻게 보면 그들은 상을 받은 것이나 다름없다. 유전자를 물려주었다는 안도감을 금반지처럼 끼고 있다. 자기 핏줄이 대를 이으리라는 안도감은 생물적 성공이라고 할 수 있는데, 때로는 이것이 세상에서 유일하게 의미 있는 일처럼 느껴진다. 부모들은 사회적인 관점에서도 성공했다고 할 수 있다.

수많은 사람들의 삶에 의미를 더한 것을 원하지 않는 마음, 그 마음에는 모종의 슬픔이 배어 있는 법. 좀 더 보편적인 삶을 살지 않았다는 슬픔. 한 삶에서 다른 삶이 창조되는, 흔히들 말하는 생명의 순환을 거슬렀다는 슬픔. 내 삶에서 다른 삶이 비롯되지 않았다는 감정, 그건 어떤 감정이지? 나는 아무렇지도 않다. 그런데도 다른 사람들이 경험하는 경이로운 무언가를 놓치고 있다는 상실감이 든다. 애초에 원한 적도 없는데.

언젠가는 누군가 봐주리라는 기대가 전무한 채로 예술 작품을 창조하는 일은 상상하기도 어렵다. 우리가 인간이기 때문에 예술을 창조한다는 것은 안다. 예술은 인간이 신에게 바치는 선물이라는 것도. 하지만 신이 그것을 봐주기나 할까?

아니다

예술이 곧 신이니까?

아니다

예술은 신의 집에 존재하지만 신은 자기 집에 주의를 기울이지 않으니까?

그렇다

예술은 이 세상에 어우러져 있나?

그렇다

예술은 살아 있을까? 그 말인즉, 창조되는 과정에서 예술은 살아 있을까? 우리가 생물이라고 부르는 존재들만큼이나 생명력을 지니고 있나?

그렇다

종이에 인쇄되어 있거나 벽에 걸려 있을 때도 살아 있나?

그렇다

그럼 글을 쓰는 여자는 아기라고 불리는 생명체를 만들지 않아도 우주의 양해를 얻을 수 있나?

그렇다

아, 잘됐다! 때로 나는 의무를 저버리고 있다는 죄책감에 시달리는데, 동물은 본능을 따를 때 가장 행복하다고 늘 생각해왔기 때문이다. 가장 행복하다기보다는 가장 충만히 살 수 있다고. 그런데 나는 예술 작품을 창조할 때는 살아 있다는 느낌을 강하게 받는 반면에 다른 사람을 돌볼 때는 그렇지 않다. 나자신을 여성의 특별한 임무를 지닌 한 여자가 아니라 자기만의 임무를 지닌 개인으로 생각해야 할지도. 여성이라는 성별을 내 독자성보다 앞세우지 않기. 내 생각이 맞을까?

아니다

아이를 낳는 것이 여성의 특별한 임무가 아닌가?

그렇다

부정문으로 질문하면 안 되겠어. 출산은 여성의 특별한 임무인가?

그렇다

그렇군. 하지만 예술을 창조하는 여성은 아이를 낳지 않아도 양해을 얻을 수 있다고? 예술을 창조하지 않는 사람이 아이도 낳지 않으면 우주의 섭리를 거스르는 것인가?

그렇다

그런 여성은 벌을 받나?

그렇다

삶의 신비와 기쁨을 경험하지 못하는 것이 벌인가?

그렇다

다른 방식으로도 벌을 받나?

그렇다

유전자를 물려주지 못하는 것?

그렇다

하지만 나는 유전자를 물려주는 일에 관심 없는걸! 예술을 통해서 유전자를 물려줄 수 있을까?

그렇다

자식을 갖지 않는 남자도 세상의 벌을 받나?

아니다

남자들은 일반적으로 남성성과 결부된 의무들을 등한시하면 벌을 받나?

아니다

남자는 어떤 벌도 받지 않고 내키는 대로 할 수 있나?

아니다

그들은 우주가 아니라 사회의 벌을 받나?

그렇다

조롱이라는 형태로?

그렇다

여성의 조롱?

아니다

다른 남성의 조롱?

그렇다

그들도 우주의 벌을 받는 여성들만큼이나 고통받나?

그렇다

흠, 그럼 공정한 것 같군.

그렇다

첫 아이의 출산을 코앞에 둔 에리카가 베르트 모리조의 그림을 어제 내게 보냈다. 이런 메시지가 딸려 있었다. 이 그림을 보고 네가 생각났어. 네게 아이가 있으면 이런 모습일 듯했거든. 나는 그림 속의 여자가 좀 지루해 보인다고 답장했다. 에리카는 여자가 아이에게 푹 빠져 있으며 나도 아이를 낳으면 그럴 거 같다고 했다. 나는 여자의 손이 요람의 가장자리에 아무렇게나 대충 얹혀 있다고 해석했지만, 에리카는 여자가 아이를 다정하게 보호하듯이 손을 얹고 있다고 주장했다.

현실에 손을 얹으면 좋겠지. 정신이 뒤틀어놓은 형태가 아니라 실제 모습 그대로 느낄 수 있다면.

오늘 오후에 병원에 다녀왔다. 진료가 끝난 뒤에 의사는 나의 생활 습관을 질문하며 마일스와 내가 어떤 방법으로 피임하고 있는지 물었다. 나는 창피해하며 솔직히 말했다. 싸기 전에 빼기. 이제껏 거의 모든 남자와 이 방법을 썼다. 임신하면 어쩌려고요? 임신해도 괜찮아요? 나는 가볍게 대답하려 했지만 금세 말이 꼬였다.

병원에서 나와 거리를 쏘다니다 테레사에게 전화해 선택하지 않은 일들에 후회가 남을까 봐 걱정된다고 털어놓았다. 테레사는 모든 사람이 나와 비슷한 걱정을 하지만, 삶을 돌이켜보면서 대부분 올바른 길을 선택해왔음을 깨닫는다고 했다. 어떤 길을 택하느냐가 아니라, 나를 통해 이루어지려는 삶에 예민하게 주의를 기울이는 것이 중요하다고 했다. 창조에는 자극이 필요하다. 진주와 모래처럼. 테레사는 나의 의구심과 고민이 모래처럼 필요한 요소라며, 이를 통해 내가 신념을 굳게 다지고 나에게 중요한 가치를 고찰함으로써 관습에 얽매이지 않은 나만의 의미 있는 삶을 일구어낼 수 있으리라고 했다.

또한 테레사는 내게 독자적인 가치관을 세우고 추구하라고 했다. 친구들이 세상에서 흔히 중요하다고 여겨지는 일을 하나씩 이루며 나아가는 동안 내 삶은 정체되어 있는 듯하더라도, 나의 가치관을 찾고 그것을 기준으로 살아가야 한다. 세상의 가치 목록에서 몇 가지를 달성했느냐가 아니라 나만의 가치관에 따라 살고 있는지만을 점검하라고 했다.

통화를 마친 뒤에 내 버릇 하나를 알아차렸다. 나는 내가 가장 바라는 일이 벌어지는 경우를 상상하며 현실과는 다른 미래를 꿈꾼다. 왜 이럴까. 지금껏 살면서 바라던 일이 실제로 벌어졌을 때는 어김없이 내 상상과는 전혀 다르다고 판명 났는데. 그럼 왜 나는 실제 상황에 적응하려고 노력하지 않는가? 왜 현재 삶에서 배운 것들을 바탕으로 내게 주어진 상황을 수용하지 않는가? 그 대신에 나는 환상의 세계를 그려나간다. 삶에서 내가 경험한 유일한 행복은 나의 계획과 상관없이 뜻밖에 찾아왔는데 말이다.

⌒

실제로 삶이 펼쳐지기도 전에 우리는 삶에서 무엇을 추구하고 어떻게 살지 결정한다. 자신이 희망하는 미래를 그리느라 바빠서 실제로 미래가 모습을 드러내기도 전에 그 시간을 다 써버린다. 그러면 그 시간이 주어진 것이 무슨 소용일까? 그 시간을 살고 있는 것이 무슨 소용일까? 마음속에 제법 만족스러운 삶이 그려졌을 때 왜 그냥 죽지 않는가?

우리가 원하는 삶을 마음속에서 완성했을 때 자살하지 않는 이유는 그 삶을 실제로 경험해보고 싶기 때문이다. 그런데 우리가 경험하고 싶었던 일들이 일어나지 않으면 어떡하나? 혹은 경험하고 싶지 않다고 생각한 일이 벌어지면? 원한 적 없으며 선택하지 않은 삶의 경험에는 어떤 의미가 있을까?

삶이란 대개 우리의 기대에 부응하지 않는다. 그렇다면 애초에 기대를 무엇하러 하는가? 아예 아무런 계획도 세우지 않는 편이 낫지 않을까? 하지만 그것도 좋은 생각이 아닌 듯하다. 때때로 계획한 대로 결실을 거두거나 원하는 바를 이루기도 하니까. 목표를 이루지 못했을 때도 그 시도로 인해 다른 길이 열리기도 한다. 더구나 계획이나 소망이 없는 삶은 고인 물과 비슷하게 느껴질 듯하다.

자식을 가지느냐 마느냐는 인생에서 가장 중요한 결정이라고들 한다. 그 말이 과연 사실이더라도, 따지고 보면 무의미한 말이다. 결심은 아무도 볼 수 없는 마음속 깊은 곳에서 이루어진다. 결심은 행동이 아니다. 삶에서 무슨 일이 벌어지려면 다른 사람들이 참여해야 한다. 의지로 밀어붙여야 한다. 여러 조건이 맞아야 한다. 운도 따라야 한다. 마음속에서 내린 결심은 하나의 작은 요소일 뿐이다. 내가 결심했다고 아기가 생기지는 않는다.

결심 하나로 아기를 가질 수 있는 것이 아니라면 왜 나는 이 많은 시간에 그 문제로 고민하고 있을까? 우리는 삶에서 맞닥뜨리는 상황들이 전부 우리의 결심 하나로 발생한 양 재단을 당한다. 아이를 낳겠다는 결심은 출산하기까지의 여정에서 지극히 작은 부분일 뿐인데 그것을 고민하는 데 숱한 시간을 허비한다.

실제로 깨달음을 주는 사유를 할 시간도 부족한 마당에. 과연 어떤 사유가 깨달음을 줄까?

한 치의 어긋남 없이 자기가 기대한 대로 사는 사람은 없다. 삶에서 일어난 모든 일에 완전히 만족하는 사람도 없다. 그러나 사람들은 대부분 삶에서 웬만큼 행복을 찾고야 만다.

⌐

연애하던 친구 한 명이 남자친구와 잠자리하기 시작하고 얼마 되지도 않아 어떠한 부름을 듣고 아기를 갖기로 했다. 친구는 남자에게 자기 안에 사정하라고 했다. 임신했고, 끝내 그 남자와는 헤어지기로 했지만 두 사람은 친구로 남았다. 친구는 아이를 함께 키우고 싶은 남자를 찾아 새로 연애를 시작했다. 생부는 주말에 아이와 시간을 보낸다. 모두 아이를 사랑하고 모든 일이 순조롭게 풀린 것 같다. 참으로 멋진 삶 아닌가! 부름에 응답하고, 부름을 받은 일을 수행하고, 그다음에는 실용적인 결정으로 적절한 방법을 찾다니.

나도 지난 8월에 영혼 깊숙한 곳에서 부름을 들었다. 그 8월만큼 내가 아이를 절실히 원한 적이 없다. 친구 어머니가 소유한 별장에 갔다가, 호숫가의 부두에 앉아 친구 어머니에게 아이를 갖고 싶은 소망을 털어놓았다. 마일스에게는 아무 말도 안 했는데, 고작 한 달 전에 형사법 전문 로펌에서 수습을 시작한 그에게 부담을 줄까 봐 걱정이 되었기 때문이다. 타이밍이 좋지 않았다. 그때부터 아홉 달 후에 친구 네 명이 아이를 낳았다. 그 8월에 우리 모두 무엇을 들었을까?

꼭

젊었을 때 나는 뜻하지 않게 임신할 경우에만 아이를 낳겠다고 스스로에게 말했다. 글쎄, 사실 한 번 사고를 치기는 했는데, 결국 낳지 않기로 결정했다.

스물한 살이었고, 피임약을 막 바꾼 참이었다. 임신한 사실을 깨닫자마자 임신 중지 수술을 받기로 했다. 한 치의 망설임 없이 즉시 결심했다.

그때 나를 진단한 의사는 아이를 낳으라고 조언했다. 내가 거절했는데도 초음파 사진을 보여주면서, 임신 중지 수술을 받기에는 너무 이르다고 했다. 유산할 우려가 있으므로 지금 수술을 진행하면 안 된다고 했다. 그러고는 아기를 낳아서 자기에게 주면 어떠냐고 농담했다. 매주 젖병을 들고 자기 집에 오라며. 병원에서 나온 뒤에야 그의 말뜻을 깨달았다. 내 가슴에서 짜낸 젖이라는 것을.

그다음 진단일까지 며칠 동안 나는 임신 중지 수술을 받기만을 기다렸다. 대마초를 피우고 사탕과 초콜릿과 과자를 먹고 줄담배를 피우며 과음했다. 내 속에서 자라나며 매시 매초 욕지기를 일으키는 조그만 것을 독살하려는 듯이.

오늘 이 글을 쓰면서야 그때 의사가 거짓말했다는 사실을 깨달았다. 의사는 내가 마음을 바꾸기를 바란 것이다. 임신 중지 수술을 받기에 너무 이른 시기란 없다. 하지만 나는 알지 못했다. 너무 어렸고 너무 혼자였다.

⌒

왜 우리는 여전히 아이를 낳을까? 내가 아이를 낳고 말고 하는 문제가 그 의사에게 왜 중요했을까? 여자는 할 일이 필요하므로 반드시 아이를 낳아야 한다. 임신 중지 수술을 금지하려는 모든 사람을 생각해보았을 때 내가 도달할 수 있는 결론은 하나뿐이다. 그들은 새로운 생명이 세상에 태어나기를 바라는 것이 아니라, 여자가 다른 일을 하기보다는 아이를 낳아 키우기를 바라는 것이다. 아이를 키우는 데 매달리지 않는 여자는 왠지 위협적이다. 그는 예측불허다. 아이를 키우지 않으면 무엇을 하려나? 어떤 문제를 일으키려나?

오늘 오후에 친구 매이런의 새집에 다녀왔다. 매이런은 자칫 잘못 건드리면 깨질 인형을 안듯이 아기를 무릎에 앉혔다. 매이런이 말했다. 아—지금 막 느꼈어! 언젠가 너는 내게 전화해서 임신했다고 말할 거야! 매이런은 내가 생식 능력이 왕성해 보인다고 했다. 어머니가 되며 초능력을 얻어서 옆 사람의 생식 능력을 느낄 수 있다는 듯이.

매이런은 아기를 처음 본 순간 이런 생각이 들었다고 했다. 아, 세상에! 이걸 안 할 뻔했다니! 매이런이 늘 아이를 원하지는 않았다. 사실, 아기가 태어나기 직전까지 자기 마음을 몰랐다. 매이런의 남편이 일종의 게임처럼 아이를 낳자고 제안했고—나랑 한번 뛰어들어보자!—매이런은 동의한 것이었다.

나와 마일스가 지금도 사귀고 있다고 하자 매이런의 얼굴이 햇살처럼 환해졌다. 매이런이 말했다. 남자는 다 거기서 거기야. 너를 때리거나 도박을 하거나 바람을 피우거나 과음하는 게 아니라면, 마일스와 겪는 문제는 다른 남자와의 관계에서도 있을 거야. 매이런은 자기와 자기 남편은 이혼하지 않기로 최근에 결정했다고 말했다.

정말 흥미로워. 나는 말했다. 이혼하지 않기로 한 결정이 결혼하기로 한 결정과 별개라니.

사실이야. 매이런이 말했다. 이제 우리가 싸우는 원인은 돈 문제밖에 없어. 사소한 문제는 그냥 넘어가거든.

매이런은 내가 정착해서 아이를 낳기를 온 마음으로 바랐다. 친구들 모두 자기처럼 결혼해서 아기를 낳기를 바란다고 인정했다. 나는 과연 대단한 모험처럼 들린다고 대답했고, 내가 아주 잘 해낼 것 같다고 매이런이 말했을 때는 기분이 꽤 좋았다.

나의 속마음은 내가 결국 아기를 낳으리라고 알고 있을까? 한때 남자들이 징병을 당했듯이 매이런의 표현대로 나도 의무를 수행하게 될까? 마일스와 결혼한 뒤에 이혼하지 않기로 합의하고는 아방가르드와는 동떨어진 삶을 살게 될까? 내가 아방가르드적인 삶을 원한다고 하자 매이런은 꾸중했다. 그건 삶을 지나치게 지적으로 생각해서 어렵게 만드는 거야. 진실한 삶이 아니야. 삶은 그런 게 아냐. 아방가르드적인 삶 같은 건 없어.

매이런의 집에서 나오는 길에 예전 교수님과 마주쳤다. 매이런과 나는 교수님의 고전 수업에서 서로를 처음 만났다. 교수님은 매이런의 아기를 보러 왔다. 우리는 계단에 잠시 서서 인사했다. 나는 조금 전에 나눈 대화를 언급하며, 매이런이 내게 어떤 삶을 권했는지 이야기했다. 교수님은 말했다. 제발, 아이는 갖지 말렴. 교수님의 딸은 서른다섯 살이다. 교수님이 나를 어렵고 괴로운 일에서 구해주려고 한 말인 줄은 알았다. 나는 물었다. 하지만 따님을 낳으신 게 교수님 인생에서 제일 굉장한 경험 아니었나요? 교수님은 잠시 침묵하다 그렇다고 말했다.

～

매이런처럼 위험하고 아름다운 세이렌들을 어떻게 상대해야 할까? 그들의 노래는 넋이 나갈 정도로 달콤하지만, 달콤한 만큼 슬프다. 세이렌의 노래는, 거부하기 힘들지만 그것에 넘어가면 불행한 일을 당하게 되는 유혹을 뜻하게 되었다. 세이렌의 노래는 바람 한 줄기 없는 한낮에 흘러와 영혼과 육신을 치명적으로 마비시킨다. 그렇게 타락이 시작된다.

그렇다면 여성과의 잠자리를 거부하는 수도승처럼 그들의 노래를 거부하라. 아무리 달콤해도 거부하라. 유혹하는 어머니들의 노래보다 더욱 아름다운 노래를 스스로에게 불러주어라. 아름답게, 더 아름답게 불러라. 그러지 아니하면 그들의 음악이, 그들이 부르는 노래가 그대로 하여금 곧 고향을 잊게 할 터이니.

～

어제 나와 마일스는 어머니가 된 여성 예술가들에 관해 오랫동안 이야기를 나누었다. 마일스는 사람들이 양육의 기쁨을 미화하는 여러 이유를 들며, 아이를 키우는 일은 사실 밭갈이와 비슷하다고 했다. 달리 할 일이 있는 사람들이 왜 밭을 갈아야 하는가? 왜 모두가 밭을 갈아야 하는가? 아이를 키우는 일은 매우 고되면서도 부모 자신이 반드시 해야 하는, 그야말로 완벽한 직업이다. 참으로 오랜 시간이 걸리며 사람의 진을 빼놓는다고 마일스는 말했다. 예술 작품을 창조하는 일도 그렇지 않아? 마일스는 물었다. 아이를 키움으로써 실존적 욕구가 충족되더라도 예술 창조의 충동을 강하게 느낄까? 마일스는 한 사람이 위대한 예술가에 그저 그런 부모이거나, 그저 그런 예술가에 훌륭한 부모일 수는 있어도 둘 다 훌륭히 해낼 수는 없는데, 예술을 창조하는 일과 아이를 키우는 일 모두 사람의 시간과 관심을 모조리 요구하기 때문이라고 주장했다. 내가 늘 머릿속에서 떨쳐내려고 하는 생각이다. 마일스가 이런 식으로 말하는 것을 듣고 있자니 조금 서글픈 마음이 들었다. 그러나 나는 내가 어머니가 될 수 있다고 생각하는 순간에도 어머니로서의 나를 또렷이 그려보기가 어렵다. 마일스는 우리가 아이를 키울 경제적 여력이 없거니와 이사도 해야 하고 삶의 모든 국면이 달라지리라고 말했다. 우리는 타고나기를 평범한 삶을 살지 못하게 되어 있어. 마지막으로 마일스는 여러 문화에서 아이를 원하지 않는 사람들을 위한 자리를 마련해왔다고 말했다. 수녀와 수도승 같은 성직자들과 학자들과 예술가들. 성직에서 순결을 요구하는 이유는, 지난한 정신적 업에 삶을 바치는 이들이 아이나 쫓아다니고 있으면안 되기 때문이다. 이 사람들은 다른 방식으로 사회에 이바지하므로 아이를 낳지 않더라도 양해를 얻는다. 아침 내내 나는 마일스를 향한 마음이 차가워짐을 느꼈다. 왜 하필 내가 그런 사람이되어야 하지?

　아이를 낳지 않는 것을 내가 희생이라고 일컫자 마일스는 물었다. 당신이 뭘 희생하는데? 마일스의 말에 귀 기울이던 중에나는 언젠가 그와 부엌에 있는데 돌연 삶에 깊이가 더해진 듯한기분이 들었던 순간을 기억했다. 마일스와 함께하면 삶과 글쓰기에서 가장 깊고 어두운 구석까지 가닿을 수 있으리라고 느꼈다. 그렇다면 나는 마일스가 아이를 원하지 않아서 다행인지도모른다. 어떤 면에서는 감사해야 할 일이다.

〰

　밤에 잠자리에 들기 전에 우리는 돈 문제로 언쟁했다. 누가 무엇을 어떻게 내느냐가 싸움의 발단이었다. 마일스는 로스쿨 학자금 대출을 갚아야 하며 아이에게 양육비를 보내야 한다. 반면에 나는 대학을 다니며 쭉 일한 덕에 빚이 없다. 나는 빚지는 것을 어마어마하게 겁낸다. 이제껏 살면서 남자와 재산을 합치거나 남자에게 돈이나 재정적 도움을 받은 적이 없고 내가 도와준

적도 없다. 부모님이 돈 문제로 싸운 나쁜 기억이 많기에 이런 갈등을 피하고자 재정 문제를 철저히 분리했다.

어젯밤에 나는 마일스가 버스 안에서 내게 이별을 통보하는 꿈을 꾸었다. 그는 나와 헤어지자마자 옆자리에 앉아 있던 얌전한 인상에 체격이 작은 갈색 머리 여자의 어깨를 감싸 안았다. 나는 내가 감정적이고 까다롭게 군 탓에 그의 마음이 돌아섰다고 후회하며 괴로워했다. 그러나 한편으로는 나도 헤어지고 싶었다. 내가 이렇게 예민하고 까다로워진 것은 그의 탓이라고, 다른 남자와 사귀고 있었다면 그렇지 않았을 거라고 설명하는 데 어려움을 느꼈다.

언젠가는 나의 질투심이 사그라들기를 바란다. 마일스는 용감하고 선한 사람이 되는 것이야말로 세상에서 유일하게 가치 있는 일인데, 자기는 평생 한 번도 여자를 속이거나 거짓으로 대한 적이 없다고 했다. 내게 주어진 선택은 두 개다. 마일스를 믿거나 의심하거나. 그를 신뢰하거나 불신하거나. 믿기로 하자. 불신하고 의심해서 무엇을 얻겠는가? 그것은 실제로 아픔이 닥치기도 전에 스스로를 괴롭히는 일이다.

알고 싶다. 시들시들하고 신경질적인, 아이 없는 은둔형 여성 작가들, 줄곧 내게 호기심과 거부감을 동시에 불러일으키던 그들을 내가 닮았을까?

그렇다

그렇게 되지 않을 방법이 있을까?

아니다

그런 삶을 부끄러워할 이유가 있을까?

그렇다

본질적으로 이기적인 삶의 방식이니까?

그렇다

자기 생각에 파묻혀 사느라 다른 여자들만큼 생명력에 연결되어 있지 않아서?

그렇다

남자도 이러한 일종의 불모 상태를 겪는 경우가 있을까?

아니다

낭만적이며 예술적인 남성상과 동격인 낭만적인 여성상이 있을까?

그렇다

자식이 있는 여성 예술가들?

그렇다

아이를 낳으면 나도 그런 여자가 될 수 있을까?

아니다

그렇게 되려면 글쓰기를 포기해야 하나?

그렇다

남자에게 내 삶을 바치고?

그렇다

마일스에게?

아니다

아버지에게?

그렇다

글쓰기를 포기하고 아버지에게 헌신하면 내가 낭만적인 여성상이 되나?

그렇다

지금 바로 아버지네 집으로 들어가야 할까?

그렇다

하지만 그렇게 살면 내가 불행하지 않을까?

그렇다

여기서 살아야 더 행복할까?

그렇다

낭만적인 인물이 되고 말고가 중요한가?

아니다

～

내가 고등학교를 졸업하고 일주일 뒤에 부모님 집을 떠났을 때 어머니는 나를 키우기를 포기했다. 이제 어머니는 진즉에 포기할 것을 그랬다고 말한다. 하숙방에 어머니와 아버지가 처음 찾아온 날을 기억한다. 아주 조그만 화장실이 딸린 우울한 방이었지만 내게는 완벽한 지상 낙원이었다. 어머니는 속상해하며 거기 서서 울었다. 부엌도 없이 핫플레이트 하나 달랑 있고 침대와 책상밖에 들어가지 않을 정도로 작고 쓸쓸한 방에 살려고 아름다운 집과 가족의 곁을 떠났느냐며.

어머니 역시 열일곱 살에 집을 떠났다. 집에서 가장 가까운 소도시의 의대에 진학했다. 그러나 어머니는 독립적인 삶을 일구고 글을 쓰려고 집을 떠난 나의 결정에서 어린 시절 자신의 모습을 보지 못했다. 우리 둘 다 가능한 한 빨리 일하고 싶었으며 평생 일하고 싶은 열의가 넘쳤는데. 어머니는 열심히 일하고 나 또한 열심히 일한다. 자기 일에 최선을 다하는 성실함을 어머니에게 배웠다. 그것이 어머니의 일이다. 어머니는 자기 자리에서 열심히 일하는 존재이다.

지금보다 젊었을 때 과연 아이를 낳고 싶은지 고민이 들면 이 공식을 떠올렸다. 아무도 내게 세상이 어떠한지 일절 가르쳐주지 않았다면, 나는 남자친구라는 존재를 만들어내고 섹스와 우정과 예술을 발명했겠지만, 아이를 키우는 일은 생각하지 않았을 것이라고. 내 안의 진정한 갈망을 채우고자 이 모든 것을 발명했을 터이지만, 인간이 다른 인간을 창조하고 한 명의 시민으로 키울 수 있다는 말을 듣지 못했다면 나는 그 일이 필요하다고 느끼지 못했으리라. 솔직히 말하면, 어떻게든 피하고 싶은 과제처럼 들린다.

나의 진실하고 고유한 욕망이 무엇인지가 과연 중요할까. 살다보면 자기가 절대 좋아하지 않으리라 예상한 일을 즐길 수 있고, 간절히 바란 일이 이루어진 뒤에 뼈저리게 후회할 때도 있으며, 한때는 거들떠보지도 않았던 것을 나중에 원하기도 하지 않은가.

참으로 작은 소망이 있다. 감정에서 감상을 철저히 배제하고 모든 것을 있는 그대로 보기. 오늘 나는 감상을 어떠한 감정에 부착된 관념에 대한 감정이라고 나만의 정의를 내렸다. 그리고 아이를 가져보고 싶은 나의 바람이 아이를 갖는 일이 자아내는 감정에 부착된 관념과 얽혀 있다고 생각했다.

신앙심이 강한 사촌의 집에서 안식일에 저녁을 먹다가 들은 이야기와 비슷하다. 자기 어머니의 방식 그대로 닭을 요리하던 여자가 있다. 그 여자의 어머니 역시 자기 어머니의 요리법을 따랐다. 냄비에 넣기 전에 꼭 닭의 다리를 묶었다. 여자가 어머니에게 왜 닭의 다리를 묶냐고 묻자 어머니는 답했다. 네 할머니가 그렇게 만들었거든. 여자가 할머니에게 이유를 묻자 할머니는 말했다. 네 증조할머니께서 그렇게 요리하셨단다. 여자가 증조모에게 이유를 묻자 증조모는 답했다. 다리를 묶어야만 닭이 냄비에 들어갔으니까.

아이를 낳는 일이 내게는 이렇게 다가온다. 한때는 필요했으나 이제는 감상적인 이유로 반복하는 행위.

⌒

이따금 삶이 손을 배배 꼬며 내가 아이를 낳기를 기다리고 있는 듯한 기분이 든다. 피부 위로 스멀스멀 퍼지듯이 느껴진다. 삶이 초조히 발을 옴짝거리며 오직 나의 몸을 통해서만 세상에 나올 수 있는 아이를 내가 낳기를 기다리고 있다고. 아이를 낳지 않음으로써 내가 하나의 인생을 허락하지 않고 있다고 느낄 때도 있다. 적극적으로 게다가 이기적으로 막고 있다고. 이런 생각은 대체 어디서 왔을까. 여자들은 다 이렇게 느끼나. 아니면 과거의 사건이, 내가 임신 중지 수술을 받으며 벌어진 역사적인 사건이 영향을 끼치는 것일까. 한 사람이 자라나고 있었는데 그가 세상에 존재할 기회를 내가 차단했다. 묘하게도 나는 이것을 현재형으로 생각한다. 누군가가 존재하는 걸 내가 허락하지 않고 있어. 미래형으로 생각할 때도 있다. 누군가가 존재하는 걸 허락하지 않을 거야.

내가 마침표를 찍은 그 생명을 되살릴 수 있다고 마음속 어딘가에서 믿고 있을까? 때로 우리가 사랑하는 이와 헤어지고도 몇 년이나 이별 전으로 돌아가는 것을 상상하며 여전히 함께하고 있다는 환상에 젖어 살듯이? 어쩌면 그이의 가슴에 낸 상처를 꿰매고 우리 관계를 회복할 수 있을지도 몰라.

생일 케이크의 초를 끄듯이 내가 삶의 불빛을 꺼버린 영혼은 어떻게 해야 할까? 유대교에서는 아기가 여성의 몸에서 삼분의 이만큼 나오기 전에는, 그러니까 머리가 다 나오기 전에는 하나의 인격체로 여기지 않는다. 입을 크게 벌리면 아기가 툭 튀어나올 것처럼 느낄 때도 있다. 입 밖에 내면 안 되는 말을 부지불식간에 내뱉을 때처럼. 목구멍 속에서 아기가 올라온다. 나를 통해서 존재하려는 자아. 꼭 나의 아이라는 법도 없다. 이 아이가 나를 어머니로 원한다는 느낌도 들지 않는다. 나는 이 아이를 세상으로 내보내는 매개체일 뿐이다. 이 아이를 내보내야 할까? 나 자신이나 마일스를 위해서가 아니라, 홀로 존재하는 한 영혼을 위해?

임신 중지 수술로 인한 애매한 죄책감이 아니라, 나를 통해 탄생하려는 생명체를 의식하기에 아이를 낳고 싶은 마음이 든다고 생각하면 비로소 마음이 평온해진다. 독자적인 삶을 살아갈 하나의 생명체를 자신의 몸을 통해 내보내는 일이야말로 어머니라는 존재의 핵심 역할인 듯하다. 아이는 당신과 당신의 파트너를 섞은 집합체가 아니라 자기 혼자만으로 이루어진 현실이다. 개별적이고 독보적인, 이 세상에 단 하나뿐인 의식이다. 그런데 나는 이렇게 느낀 적이 없다. 내 몸과 삶이 오롯이 나의 것이라고 느끼지 못했다.

꿈

저녁에 서재에서 글을 쓰고 있는데 마일스가 들어왔다. 마일스는 빨랫감을 모으다가 말했다. 어머니가 되는 일을 주제로 책을 쓰면 어때? 그 주제를 많이 생각하고 있잖아. 만나는 사람마다 붙들고 이야기하고. 그러고는 다시 빨랫감을 모았다. 사실이다. 최근에 누구를 만날 때마다 물어본다. 아이를 갖고 싶어요?

내가 모든 대화에서 이 화제를 들먹이는 모습을 마일스는 보았다.

어머니들은 아기가 들어선 순간을 정확히 알까? 마일스가 서재에 들어와 어머니가 되는 일을 주제로 글을 써보라고 한 순간 나는 새로운 생명의 첫 태동을 느꼈고, 이제는 돌이킬 수 없음을 알았다.

내 안에서는 어떤 생명체가 자라나고 있을까? 절반은 나고 나머지 절반은 마일스인, 작가와 형법 변호사가 반반씩 창조한 이 생명체는 어떤 존재일까? 물론 여자는 죄책감을 떠안고 살기 마련이다. 어떤 선택을 하건 얼마나 노력하건 늘 죄를 지은 기분이다. 어머니들은 범죄자처럼 느끼고, 어머니가 아닌 여자들도 그렇게 느낀다. 그러므로 나와 마일스가 반씩 섞인 이 생명체는 범죄자와 변호사의 합작 변론이다. 마일스가 하듯이 이 생명체는 범죄 혐의를 받는 이들을 옹호하고 도우려 할 것이다. 한 번은 마일스의 변호사 동료가 자신들의 일에 대해 이렇게 말했다. 혐의자의 편은 두 명뿐이에요. 그의 어머니와 변호사.

뉴욕

오후에 인터뷰를 마치고 웨스트빌리지의 거리에서 상점 진열창을 구경하고 있는데 점쟁이가—영적 치유자일 수도 있고 사기꾼일 수도 있겠다—나를 불러 세웠다. 인터뷰는 '뉴욕의 즐길 거리'라는 웹 사이트에 기고하는 기자가 이날 저녁에 열릴 나의 북토크를 소개하려고 요청한 것이었다. 햇볕이 쨍한 거리에서 애견숍 유리창 너머의 강아지들을 보고 있는데 웬 늙은 여자가 나를 부르더니 자기 팔에 돋아난 닭살을 보여주며 만져보라고 했다. 그러고는 나를 거리 반대쪽 벤치로 이끌었다. 돈 이야기는 나중에야 나왔다. 그전에 여자는 내 눈을 보고—무엇을 봤는지는 모르지만—높은 곳의 신이 우리 두 사람의 만남을 주선했음을 알았다고 했다. 자기 오른쪽 어깨에는 대천사 가브리엘이, 왼쪽에는 미카엘이 앉아 있다고 했다(그렇게 말하면서 자기 어깨를 만졌다). 나의 세 가지 색은 라벤더색과 터키석색과 은색이고, 신이 여성성을 불어넣은 왼쪽 몸에 힘이 깃들어 있으므로 왼손으로 글을 써야 한다고 말했다. 여자는 내게 어떤 손으로 글을 쓰는지 가리키라고 했고, 나는 물론 양손을 내밀었다. 그러나 이제부터는 왼손으로만 하얀 공책에 천천히, 서투르게 쓸 것이다. 지금 하고 있듯이.

내가 어리숙한 인상인가? 그런 모양이다. 무려 140달러를 줬다! 현금 인출기에서 돈을 뽑을 때 여자는 내 뒤에서 기다렸다. 하지만 나는 이렇게 생각하며 스스로를 정당화했다. 심리 상담 한 번 받는 것보다 싸잖아. 훨씬 효과가 있었어.

여자는 내게 소원을 세 가지 말하라고 했는데 나는 아무것도 생각나지 않았다. 지금도 소원이라고 할 만한 무엇이 생각나지 않는다. 어떤 소원이든지 간에 어두운 면이 있음을 안다. 그러나 세 가지 질문을 생각하기는 어렵지 않았기에 나는 소원을 비는 대신 질문해도 되느냐고 물었다. 여자는 좋다고 했다. 제일 먼저 이 책을 끝내는 데 얼마나 걸릴지 묻자 여자는 눈을 감고 신에게 (신이 아니라 천사들에게 질문했을지도) 질문했고, 이러한 답을 받았다. 책을 끝내는 데 며칠, 몇 주, 몇 달, 몇 년이 걸릴지도 모르는데, 책이 나를 인도할 것이며 결국에는 완성되어 이제껏 내가 쓴 책 중 제일 잘 팔릴 것이라고 했다. 많은 사람이 나와 똑같은 고민을 한다는 사실을 잊지 말라고 강조했다. 내가 이 책의 내용을 밝힌 이유는 단 하나, 여자가 나의 어머니와 할머니의 힘을 언급하며 그들이 집안의 대들보였다고 말했기 때문이다.

둘째 질문, 나는 왜 이렇게 슬플까요? 여자는 눈을 꼭 감고는 어머니가 나를 배고 있을 때 웬 남녀가 나와 어머니와 할머니에게 저주를 내렸다고 말했다. 여자는 미지의 세계를 좀 더 깊이 들여다본 뒤에 금방이라도 토할 듯한 목소리로 말했다. 예상보다 훨씬 심각하군. 그 남녀가 살아 있냐고 내가 묻자 여자는 그들은 죽었으나 죽으면서 오히려 저주가 강해졌다고 했다. 여자는 내 배에 손을 얹더니 내가 가임기에 있다고, 아이를 만드는 기관이 제대로 작동하고 있다고 했다. 그러나 잠시 후에는 내 포궁에 전암성 세포가 있다고 털어놓았다.

여자는 내게 자기 손가락을 세 번 세게 쥐라고 하고(더 세게 잡아, 괜찮아) 마치 포궁에서 아기를 밀어내듯 배에 힘을 주라고 했다. 그래야만 저주를 무효화할 수 있다며(어쩌면 암세포도). 그리고 나는 여자를 따라 외쳤다. 악마야, 나가라! 악마야, 나가라! 악마야, 나가라! 그다음에 여자가 말했다. 머리가 보여! (그 전에 내게 꼬고 있는 다리를 풀라고 했다) 마지막으로 힘을 주었을 때 나도 악마가 통째로 나오는 것을 보았다.

이쯤에 우리는 마일스에 관해 이야기했다. 여자는 우리가 해로할 것이며 두 딸을 낳을 텐데, 내가 두 아이를 아홉 달 꽉 채워서 배고 있을 것이라고, 조산할 걱정은 없다고 했다. 내가 마일스가 고결한 사람이라고 하자 여자는 내가 고결한 여자라고 했다. 나는 물었다. 마일스의 사진을 보고 싶어요? 여자는 고마워, 보고 싶어! 라고 했다. 휴대 전화에 저장한 사진을 보여주었다.

마일스와 내가 침대에 나란히 앉아 웃고 있는 사진이었다.

여자는 마일스에게서 정직함과 진실함이 보인다고 했다. 좋아. 여자가 말했다. 이 남자는 당신을 사랑하고 돌보고 싶어 해. 여자는 설명을 돕기 위해 돌멩이가 가득한 파란 벨벳 주머니를 내게 주고 손에 쥐라고 했다. 이 남자의 손에 당신 삶을 맡겨도 돼. 이 남자도 자기 삶을 당신 손에 맡겨도 되고. 우리가 함께하리라는 말을 듣자 눈물이 차올랐다. 이런 남자는 흔하지 않아. 한 번에 한 걸음씩 나아가.

여자는 내가 목소리가 없는 사람들을 대신해 말할 임무를 지고 있다고 했다. 세상의 네 모서리에 관해 무어라 말했고, 나의 결혼 전 성과 결혼 후 성이 모두 기억될 것이라고 했다.

마지막으로 이 문제를 묻고 싶었다. 집처럼 익숙하고 마음이 편한 토론토에 살아야 할까요, 아니면 너무도 자유로운 뉴욕에 살아야 할까요? 여자는 잠시 생각하고 말했다. 이 책을 다 쓸 때까지 토론토에 살다가 뉴욕으로 이사할 거야.

마일스는요? 우리가 평생 함께할 거라면서요? 나는 직업상 마일스가 내키는 대로 이사할 수 없는 처지임을 생각하고 있었다. 여자는 마일스가 나와 함께 뉴욕으로 갈 것이라고 말했다.

내 평생 최고의 운세 상담이었다.

다음 날 아침에 토론토로 돌아가는 비행기에 오르기 전에 어떤 문화지의 젊은 여성 편집자와 아침을 먹었다. 짧은 계단을 내려가야 하는 식당이었다. 어둑한 실내의 둥근 대리석 테이블에는 천 냅킨이 올려져 있고, 손 글씨로 적힌 메뉴에 음식 종류는 여섯 개뿐이었다. 모든 것이 완벽했다.

우리는 어떤 이유로 타인에게 호감을 느낄까? 편집자가 남은 버터 토스트를 종이 냅킨으로 싸기 전까지 나는 이 사람을 어떻게 생각하면 좋을지 정하지 못하고 있었다. 그런데 그가 냅킨으로 토스트를 싸는 모습을 보자 단숨에 애정을 느꼈다. 토스트를 싸기 전까지 그는 명망 높은 잡지의 권위 있고 박식한 젊은 편집자의 이미지를 보여주려고 애쓰고 있었다. 그런데 토스트를 싸느라 그런 노력을 그만두었다. 토스트를 싸는 행위는 그가 직급에 한참 부족한 봉급을 받고 있을 뿐더러 토스트를 정말 좋아한다는 사실을 드러냈다. 남에게 멋진 인상을 남기기보다 토스트를 더 중요시한 것이다.

～

　전날 저녁에 친구를 몇 명 만났는데 아이를 갖는 일을 두고 이야기를 나누었다. 다들 할 말이 많았다. 절대 아이를 갖지 않겠노라 선언한 일종의 마르크스주의 지성인인 남성 친구가 발터 벤야민을 인용하며 말을 꺼냈다. 친구는 혁명적 분노와 희생정신은 자유인으로 태어난 손주들보다 노예로 산 조상들의 이미지에서 자양분을 얻는다는 벤야민의 주장에 동의한다고 했다.

　이 주제로 우리가 삼십 분 정도 대화를 이어가고 있는데, 그때껏 입을 다물고 있던 이 친구의 여자친구가 말했다. 여자들은 아이를 원하지 않는다는 말만 하고 넘어갈 수 없어. 아이를 낳지 않는 대신에 어떤 일을 할지 원대한 계획을 덧붙여야 해. 대단한 과업이어야만 하지. 그리고 자기 삶이 어떻게 진행될지—아직 그 삶을 시작하지도 않았더라도—설득력 있게 말할 준비가 되어 있는 편이 좋을걸.

집

여행 가방을 들고 택시에서 내려 집 앞에 서자 기분이 평온하고 차분해졌다. 어수선한 정원이 딸린 매우 낡은 건물 이층에 있는 예쁜 우리 집.

우리가 동거를 시작한 첫해의 추억을 간직하고 있다. 마일스가 거실 창문 앞에서 그해 첫눈을 바라보다가 고개를 돌려 소파에서 담요를 덮고 책을 읽는 나를 보고는 손가락 네 개를 세웠다. 사계절, 이렇게 말했다. 우리가 결혼하기로 결정하기 전에 사계절을 함께 지내봐야 한다던, 신앙심 강한 내 사촌의 주장을 내가 말했었기 때문이었다. 마일스가 말했다. 이제 사계절을 함께 났어.

옆방에서 진공청소기 소리가 들려온다. 지난 몇 분간 마일스는 진공청소기를 고치는 데 매달렸다. 지난주에 샀는데 내가 벌써 망가뜨렸다. 이제 다시 작동하는 듯하다.

조금 전에 나는 거실로 나가서, 뉴욕의 북토크에서 첫눈에 호감과 믿음이 가는 여자를 만난 일을 이야기했다. 어두운 클럽의 바 앞에 함께 서 있는데 여자가 말하기를, 자기는 마녀와 영매 기질을 조금씩 지니고 있어서 미래를 볼 수 있다고 했다. 내가 자연분만으로 아기를 낳을 것인데, 내가 원해서가 아니라 업보 때문이라고.

마일스는 대꾸했다. 바에서 만난 웬 남자가 나더러 언젠가 코베트를 몰고 다니게 될 거라고 예언했으면, 나는 그 말을 동네방네 하고 다니지 않을 것 같은데.

간밤에 또 악몽을 꿨다. 어렸을 때부터 나는 무시무시한 꿈을 자주 꿨는데 이유는 모르겠다. 깨어 있을 때의 의식에 어떤 균형이 필요해서 이런 꿈을 꾸는 걸까?

아니다

내가 별 이유 없이 운 나쁘게 악령의 저주를 받았나?

그렇다

악몽이 내 삶의 어떤 진실을 드러낼지도 모르니 꿈에 주의를 기울여야 할까?

아니다

이 꿈들은 내게 악령에 관해서만 말해주나?

그렇다

꿈에 주의를 기울여 악령을 잘 알게 되면 도움이 될까?

그렇다

악령에 맞설 수 있을까?

그렇다

내가 이 싸움에서 이길 가능성이 있나?

아니다

밤마다 악몽을 꾸게 하는 이 악령에 논리와 체계로 맞서야 할까?

그렇다

비논리적이고 신비로운 방법으로도 맞서야 할까?

그렇다

악몽을 불러오는 이 악령에게 형상을 주어야 할까?

그렇다

괴물의 형상을 떠올릴까?

아니다

사람의 형상으로 상상할까?

아니다

신령이나 에너지로 형상화할까?

아니다

사물로 형상화할까?

그렇다

토스터?

아니다

칼이나 헤어드라이어?

그렇다

칼과 헤어드라이어 둘 다?

아니다

칼?

그렇다

머릿속에서 칼을 떠올린다. 검고 딱딱한 플라스틱 손잡이가 달린 칼. 하지만 나무 손잡이가 있는 칼을 상상하는 편이 더 재밌는데, 바꿀까?

아니다

그래, 그럼 부엌 서랍에 있는 칼과 비슷하겠군. 이것이 평생 내게 악몽을 불러온 악령이다. 이걸 책상으로 가져올까?

아니다

서랍 속에 있는 칼의 사진을 찍을까?

아니다

악령을 칼로 형상화하는 이유는, 그가 내 마음속의 희망과 낙관을 잘라내기 때문인가?

그렇다

세상을 향한 믿음도 잘라내려고 하나?

그렇다

악령이 그러는 데 적당한 이유가 있을까?

그렇다

악령은 악마의 종이니까?

아니다

오히려 천사에 가까운 존재인가?

그렇다

천사와 씨름한 야곱의 이야기 같은 상황인가?

그렇다

야곱이 천사와 씨름하다

그날 야곱은 밤중에 일어나 두 아내와 두 여종, 아들 열한 명을 강 너머로 인도했다. 그들을 모두 강 건너편으로 보낸 뒤에 자기 재산도 보냈다. 그리하여 야곱은 혼자 남았고, 동이 틀 때까지 존재와 힘을 겨루었다. 자신이 야곱을 쓰러트릴 수 없음을 깨달은 존재는 야곱의 엉덩이뼈를 쳐서 뼈가 어긋나게 했다. 그러고는 말했다. 동이 텄으니 나를 보내달라. 야곱은 대답했다. 나를 축복하기 전에는 놔주지 않을 것입니다. 존재가 물었다. 너의 이름이 무엇이냐? 야곱이 대답했다. 야곱입니다. 존재가 말했다. 하나님과 겨루어 이기고 사람과 겨루어 이겼으므로 지금부터 네 이름은 야곱이 아니라 이스라엘이다. 야곱이 대답했다. 부디 그대의 이름을 알려주소서. 그러나 존재는 대꾸했다. 왜 내 이름을 묻는가? 그리고 그를 축복했다. 야곱은 그 장소를 브니엘이라고 부르기로 하고 그 이유를 이렇게 설명했다. 이곳에

서 내가 하나님을 대면하고도 살아남았기 때문이다. 엉덩
이뼈가 어긋나 절뚝거리며 떠나는 야곱의 뒤로 해가 떠올
랐다.

그러니까 요지는 투쟁을 통해 자신을 강하게 만들거나 이기는
것이 아니라 극복하는 것인가?

그렇다

어젯밤 꿈에서 마일스는 내게 성적으로 끌리지 않는다고 털어
놓았다. 이렇게 말했다. 당신에게는 일종의 로바츠 같은 기운
이 있어서 매력적이긴 하지만, 남자가 욕망을 느끼는 몸매는
아니야. 나는 크게 상처받았다. 로바츠라니, 로바츠는 도서관
이잖아! 게다가 그가 내 몸을 이렇게 본다면 우리가 헤어져야
한다고 생각했다. 그가 이런 생각을 하는데 우리가 성관계를
가지기는 불가능하지 않은가! 나는 마일스에게 이번 달 7일까
지 짐을 빼서 나가라고 했다. 그가 항의하는 바람에 월말까지
기다려주기로 했다. 그러자 슬픔과 외로움이 찾아왔다. 내가
잠에서 깨어났을 때 마일스는 기분이 좋았다. 그래서 꿈에 관
해 말하지 않았다. 예선에 우리가 헤어지는 꿈을 꾸었다고 말
했을 때 마일스가 상처를 받았기 때문이다. 꿈이 내게 현실에
도움이 되는 통찰을 주는 것이 아니라 내가 극복해야 하는 악
령-천사를 보여주는 거라면, 어젯밤 꿈을 말하지 않기를 잘했

다. 꿈에서 우리는 악령의 얼굴을 볼까? 시시각각 변하는 그 얼굴을?

아니다

악령의 얼굴은 절대로 안 변하나?

그렇다

변하지 않는 악령의 얼굴, 그 얼굴에 우리는 의미를 부여하고 이미지를 그려내고 이야기를 지어낸다.

알렉상드르 루이 를루아르

폴 고갱

이 존재를 더 알고 싶다. 내 속에 깃든 희망과 낙관, 세상을 향한 신뢰를 잘라내고 싶어 하므로 칼로 형상화한 이 악령은 천사이기도 하다. 이러한 존재가 태초부터 인간들을 찾아왔나?

아니다

성경의 시대부터 인간을 찾아왔나?

아니다

이들이 얼마나 자주 그리고 어떤 식으로 찾아오는지 우리는 잘 알지 못하나?

그렇다

내가 야곱의 방식대로 악령-천사를 무찌르게 될까?

그렇다

일단 야곱은 동틀 때까지 악령-천사와 힘을 겨룬다. 악령-천사는 야곱의 엉덩이뼈를 쳐서 어긋나게 한다. 악령-천사가 놓아달라고 했으나 야곱은 자신을 축복할 때까지 놓아주지 않겠다며 버틴다. 악령-천사는 야곱을 축복한다. 야곱은 자신이 서 있는 장소에 여기서 내가 하나님을 대면하고도 살아남았다라는 뜻이 담긴 이름을 붙인다. 야곱은 떠오르는 해를 등지고 절뚝거리며 떠난다. 힘겨루기가 밤에 벌어졌다는 사실이 제일 먼저 눈에 들어온다. 야곱은 악령-천사가 누구인지 궁금해하면서도 깍듯이 대한다. 악령-천사는 야곱에게 새 이름을 준다. 가장 눈여겨볼 점은 야곱이 다친 뒤에도 싸웠으며, 악령-천사에 두려움이나 분노를 느끼는 대신 그에게 축복을 구한다는 점이다. 그 부분이 매우 감동적이다. 내 속에서 무언가가 열렸다. 야곱이 축복을 구했다는 사실이 악령-천사의 무엇을 암시하는지 알고 싶다. 악령-천사는 사랑받기를 원하나?

아니다

존중을 원하나?

그렇다

이 존재는 다른 그 누구도 할 수 없는 방식으로 우리를 축복할 수 있나?

그렇다

왜 우리의 낙관과 희망과 신뢰를 잘라내려는 걸까? 밤중에 낙관과 희망과 신뢰를 뺏어가면, 우리가 그 빈 자리를 새로운 낙관과 희망과 신뢰로 채우려고 힘껏 노력할 테니까?

아니다

낙관과 희망과 신뢰를 잘라내고 남은 빈 자리에 우리가 하나님을 받아들이기를 원해서?

아니다

이런 질문들 자체가 너무 단정적인가?

아니다

마음속의 낙관과 희망과 신뢰를 잘라내는 이유는, 우리가 겸손을 배우고 겸허한 태도로 축복을 구하게 하려는 것인가?

그렇다

내가 잠에서 깨어날 때 축복을 구해야 할까?

그렇다

꿈에서도 구해야 할까?

그렇다

축복을 구하면서 그 칼을 떠올릴까?

그렇다

그 칼을 실제로 침실에 보관할까?

그렇다

마일스가 왜 침실에 칼이 있냐고 물어보면, 자세히 설명하지 않고 대충 얼버무릴까?

그렇다

두 칼 모두 적당해 보인다. 오른쪽에 있는 칼을 택할까?

그렇다

저기에 놓아도 될까? 이렇게 하면 잠에서 깨어났을 때 침대에
서 쉽게 보인다.

아니다

그럼 여기에 놓아야 할까?

그렇다

여기가 더 나을까?

그렇다

창턱에 놓고 사진을 찍어서 더 좋은 선택인지 확인할까?

그렇다

자, 괜찮은 거 같아?

아니다

그럼 거울 앞에 놓을까?

그렇다

⌒

마일스가 내게 처음으로 준 선물은 체인이 달린 작은 칼이었
다. 그가 특유의 살짝 구부정한 자세로, 칼을 상자 같은 것에
넣지도 않고 체인에 대롱대는 채로 손에 들고 부엌에 들어오
는 모습이 눈에 선하다. 헤벌쭉 입을 벌리고 있던 모습도. 칼을
문 위에 놓지 말라고 한 이유는, 사람들이 십자가를 많이 놓는
장소라서, 종교적이기 때문인가?

아니다

내가 거울을 자주 보니까 거기에 놓으면 거울을 볼 때마다 내
가 겸손해야 하며 축복이 필요하다는 사실을 기억할 듯해서?

그렇다

악몽이 내가 극복할 수 있는 악령-천사의 얼굴이라고 생각하니
까 마음이 편하다. 하지만 잠깐! 극복한다는 것은 과연 무슨 뜻
이지? 언젠가는 내가 겸손한 마음으로 축복을 구해야 하는 필
요를 완전히 내면화해서 더는 악몽을 꾸지 않으리라는 뜻이야?

아니다

야곱이 겨룬 상대가 사실은 야곱 자신이라는, 그가 성공을 거
두면서 얻은 새로운 자아와 씨름한 것이라는 해석을 조금 전

에 읽었다. 끝난 뒤에 절뚝거리며 떠나는 야곱의 육체와 정신
은 더는 충돌하지 않는다. 자신의 운명을 향해 나아가는 야곱
의 모든 발걸음에 육체와 정신이 협력하여 힘을 실어준다. 육
체적으로는 약해졌을지언정 정신적으로는 더 강해진 채로. 따
라서 나는 육체와 정신의 충돌을 극복해야 할까?

그렇다

이것이 겸손해질 필요와 연관되어 있나?

그렇다

마일스가 준 칼이 겸손한 마음을 상징하나? 우리의 사랑이 운
명의 손에 달려 있다는?

아니다

우리의 사랑이 상대에게 의존한다는?

아니다

의심의 여지 없이, 우리는 서로에게 의존한다는?

그렇다

그래서 우리가 서로를 소중히 해야 함을 뜻하나?

아니다

주제를 바꿔도 될까?

아니다

연애 초에 마일스는 우리가 늘 상대를 우선시해야 하며, 둘 다
그것을 실천하면 전부 괜찮을 것이라고 했었다. 그렇다면 내

가 마일스에게 의존해도 괜찮겠지. 마일스는 강하고 현명하고 의리 있는 남자니까. 그리고 나는 지금껏 그에게 의존해왔다. 마일스는 지성과 애정을 다해 나를 우선시하고, 나도 그럴 것이다. 이제야 나는 사랑이 수반하는 위험을 명확히 볼 수 있으며 믿음이나 신뢰가 받쳐주지 않는 사랑의 고통도 깨달았다. 누군가를 믿고 신뢰하기란 늘 어려웠는데. 내가 마일스에게 의존한다는 사실을 받아들이면 좀 더 마음 편히 사랑할 수 있을까?

그렇다

이제껏 나는 내가 남자에게 의존한다고 느끼고 싶지 않았다. 의존하지 않으려고 갖은 노력을 다했다. 하지만 남자 역시 여자에게 의존하고, 모든 인간은 인간을 초월하는 것들에 의존한다. 며칠 전에 길을 걷고 있는데 커다란 나뭇가지가 바로 앞에 떨어졌다. 나는 좋은 징조라고 생각했다. 내 머리 위로 떨어질 수도 있었으니까. 우리 자신보다 큰 무언가에 의존함으로써 정신과 육체의 화합을 이룰 수 있을까?

그렇다

큰 무언가를 인지하기보다는 소우주라 여겨지는 다른 사람들을 보기가 더 쉬운 이유는, 우리가 그들과의 관계를 모델로 삼아 자신보다 더 큰 무언가에 의존하는 인간의 특성을 배울 수 있기 때문일까?

그렇다

사랑을 뒷받침하는 믿음과 신뢰를 더 배우고 싶다. 이 배움을
통해 우주가 내게 전달하는 모든 것을 믿고 마일스와 나의 상
호 의존성을 느낄 수 있기를 바란다. 우리 모두를 품고 있으며
우리보다 한없이 큰 무언가에 마일스와 내가 의존하고 있음을
깨닫고 싶다. 내 삶에 저류처럼 흐르는 두려움을 야기하는 악
몽과 씨름함으로써 불신과 의심을 극복하면 육체와 정신의 화
합을 도모할 수 있을 터이고, 이것은 겸손하게 축복을 구하는
마음과 관련이 있는데, 나의 정신이 동전점의 무작위적인 결
과를 겸손히 받아들이고 그 결과를 통해 깊은 이해를 추구하
는 것과 마찬가지다. 이것이 끝날 때쯤 비록 나는 늙고 약해져
비틀거리며 떠나겠지만 나의 정신은 더욱 강해지기를 .

◠

오늘 아침에 가슴에 사랑이 충만한 채로 깨어났다. 세상을 향
해 크나큰 애정을 느꼈으며 사랑이 온몸에 약동했다. 이렇게 기
분이 좋은 적은 처음인 듯하다. 꿈에서 웃기까지 했다! 악몽이
아닌 단순한 꿈이었다. 꿈에서 나는 마일스의 아버지와 차를 타
고 즐겁게 웃고 있었다. 지금 어딘가에서 교회 종소리가 들려온
다. 이 아파트에 살면서 처음 듣는다.

마일스가 샤워하고 침실로 왔다가 수납장 위에 놓은 칼을 발

견했다. 칼이 왜 여기에 있어? 그가 물었다. 나는 애매하게 대꾸했다. 아, 그냥 글 쓰는 데 필요해서. 마일스는 궁금해하는 표정이었지만 설명하지 않아도 되는 내 권리를 존중했다. 그는 이렇게만 물었다. 꼭 저 칼이어야 해?

응, 나는 말했다.

친할머니는 금요일 밤이면 식사실의 흰 커튼을 드리워 실내를 가렸다. 토론토 중산층 동네의 번듯한 벽돌집에 살면서 말이다. 안식일 촛불을 켜는 모습을 누가 보고 할머니가 유대인이라는 사실을 알아채는 것을 원하지 않았기 때문이다. 친할머니의 부모와 오빠는 강제수용소에서 죽었다. 2차 세계 대전이 일어나는 동안 친할머니는 부다페스트에 숨어 살면서, 이웃들이 수상히 여기고 캐묻기 전에 며칠마다 다른 집으로 옮겨갔다. 독일인들은 우리 생명을 앗아갔고 공산주의자들은 재산을 앗아갔지. 아버지가 친가의 역사를 들려주며 말했었다. 아무것도 남지 않았단다. 음, 남은 건 우리뿐이었지.

⌒

외할머니 마그다는 열두 살에 유행성 감기로 부모를 잃었다. 그들은 삼십 대 초반이었고 가난했다. 네 아이를 먹여 살리기도 빠듯했다. 병원에 갈 돈이 없어서 진료도 받지 못하고 죽었다.

같은 마을에 살던 외사촌이 네 아이를 거두었다. 매일 아침 학교에 가기 전에 마그다는 거위들 주둥이에 옥수수알을 넣어야 했다. 거위를 시장에서 팔 수 있게 살찌우는 것이었다. 마그다는 그 일을 끔찍이 싫어했다. 어린 시절 내내 마그다는 배를 주렸다. 마그다와 형제들은 뒷마당에 남은 돼지 사료를 훔쳐 먹었다. 마그다는 고등학교에 진학하는 대신 재봉사로 일했다.

스물한 살에 마그다는 형제들과 함께 아우슈비츠로 끌려갔다. 전쟁 전에 알고 지낸 연상의 여자와 같은 막사에 배정받았다. 마그다는 병을 앓던 여자가 조금이라도 편히 지낼 수 있게 도왔다. 하루는 수용소에서 큼직한 바위를 보고 여자가 베개로 쓰면 좋겠다고 생각했다. 그래서 바위를 주워 여자에게 주었는데, 다른 사람이 그 바위를 베개로 쓰고 있었을지도 모른다는 생각이 이내 엄습했고, 남의 베개를 훔쳤다는 죄책감을 느꼈다.

연상의 여자는 수용소에서 죽었다. 전쟁이 끝난 뒤에 마그다는 여자의 아들 조지와 결혼했다. 조지는 마그다의 살아 남은 형제들을 친절히 보살펴주었다. 마그다와 조지는 미슈콜츠에 정착했다.

⌒

마그다와 조지는 지적인 면에서 이보다 다를 수 없었다. 마그다는 시를 썼고, 정치 사건과 철학 관념을 두고 이웃들과 담론하기를 즐겼다. 조지는 맛있는 음식을 먹고 친구들과 카드 놀이하는 것을 삶의 즐거움으로 삼았다. 부부에게는 딸이 하나 있었는데 아주 어려서 죽었다. 그리고 나의 어머니가 태어났다.

어머니가 초등학교 일 학년이었을 때 마그다는 고등학교 졸업장을 받으려고 학교로 돌아갔다. 반에는 성인이 많았고, 때때로 마그다는 학업을 중단하기로 한 동급생들의 사연을 남편에게 들려주었다. 옆에서 듣고 있던 어머니는 자기도 학교를 그만두고 싶다고 거듭 졸랐다. 마그다는 이렇게 말했다. 그래, 나가서 놀아. 내일 학교 그만두자.

이 시기에 마그다는 나이 든 여자 한 명과 친하게 지냈는데, 그 여자의 어려운 사정을 알고 도우려 했다. 자존심 강한 여자가 적선을 바라지 않으리라 예상한 마그다는 집안일 도움이 필요하다는 핑계로 불렀다. 그러고는 여자가 오기 전에 집을 싹 치우고 싱크대에 접시 한두 개만 남겨놓았다. 마그다는 출신과 계층을 가리지 않고 다양한 사람과 친분을 쌓았다. 친구들 가운데 예술가도 있고 식료품점 주인도 있고 경찰도 있고 사무원도 있었다.

고등학교를 마친 뒤에 마그다는 변호사가 되고자 대학에 진학했다. 동급생 가운데 여자는 마그다뿐이었다. 마그다는 미성년 범죄자들을 변호하고 싶어 했다. 이 세상 어느 아이도 태어날 때부터 악하지는 않다고 믿었다. 어머니는 자기 어머니가 야심한 밤에 공부하는 모습을 기억했다. 마그다는 로스쿨 과정을 수료

하고 졸업을 코앞에 두고 있었다. 그런데 마지막 순간에 학교에서 졸업을 허락하지 않았다. 조지가 불법 행위를 저질렀기 때문이었다. 조지는 헝가리에서 스웨터를 밀수해 체코슬로바키아의 시장에서 팔았다. 마그다는 분노했다. 그 뒤로 마그다는 평생 남편의 스웨터 장사를 도우며 살았지만, 자신의 운명에 한을 품었다. 이제 마그다는 변호사가 될 수 없었다. 평생 스웨터를 팔며 살아야 하는 처지였다.

마그다는 나의 어머니에게 전문 직업을 찾으라고 강조했다. 자기와 달리 딸은 좋은 교육을 받고 삶에서 더 많은 것을 이루기를 바랐다. 그래서 어머니는 어려서부터 학업에 전념했다.

어렸을 때부터 청소년 시절까지 어머니는 혼자 일어났다. 부모는 꼭두새벽부터 시장에 옷을 팔러 나갔다. 어머니가 일어나면 집은 늘 어두컴컴하고 텅 비어 있었다. 블라인드도 걷혀 있지 않았어. 어머니는 혼자 아침을 먹고 학교에 갔고, 집에 오면 아무도 없을 때가 부지기수였다. 마그다와 조지는 저녁에 파김치가 되어 돌아와 곧장 잠자리에 들었다.

학교에서 아이들은 둘씩 짝을 지어 책상을 나란히 붙여놓고 앉았는데, 어머니는 혼자 앉겠다고 고집했다. 이따금 어느 아이가 아파서 학교에 나오지 않았을 때 결석한 아이의 짝꿍이 마음에 들면 잠깐 그 애와 앉는 식이었다. 딸이 학교에서 혼자 앉는다는 사실을 알게 된 마그다는 그러지 말라고 타일렀다. 선생을 찾아가 아이에게 짝꿍을 붙여달라고 청했다. 그러나 선생은 어머니 편을 들었다. 아니요, 혼자 앉게 해줘요.

～

아버지는 열한 살에 가족들과 부다페스트를 떠나 캐나다로 이민했다. 이십 대에 어머니를 만났는데, 어머니는 토론토에 사는 친척을 방문하는 중이었다. 공통 친구가 두 사람의 만남을 주선했다. 아버지는 어머니와 사랑에 빠졌다. 어머니가 대서양 너머 자신이 사는 곳으로 돌아가자, 아버지는 수많은 연애편지를 보냈다. 어머니에게 아버지는 적절한 배우자감이었다. 헝가리 출신 유대인에 엔지니어였으며 캐나다에 살았으니까.

아버지가 처음 인사하러 온 날에 마그다는 카펫에서 고양이와 놀아주는 아버지를 보고 학구파 딸에게 경고했다. 저 남자는 늘 놀 거다. 그래도 마그다는 아버지가 마음에 들어서 사위로 삼고 싶어 했다. 어머니도 아버지와 결혼하고 싶었다.

어머니와 아버지가 결혼식을 올렸을 무렵에 마그다는 암을 앓고 있었다. 식이 끝난 뒤에 어머니는 외할머니의 병세가 악화될까 봐 헝가리를 떠나기를 꺼렸다. 그렇지만 마그다는 건강한 척하며 자기는 괜찮으니까 떠나라고 설득했다. 그래서 어머니는 아버지와 캐나다로 왔다.

어머니는 영어를 거의 한 마디도 몰랐다. 새로운 언어를 배우

97

고 낯선 나라에서 다시 의학을 공부해야 했다. 어머니와 아버지가 캐나다로 오고 얼마 되지 않아 마그다는 죽었다. 크리스마스를 며칠 안 남기고. 크게 상심한 어머니는 자기가 곁을 떠난 탓이라고 자책했다. 이때부터 어머니는 외할머니와 관련한 악몽에 시달리기 시작했다. 그 후로 두 해가 지나고 맞이한 크리스마스에 스물여섯 살이었던 어머니는 첫 아이인 나를 낳았다. 내가 아기에서 어린이로 자라고 청소년이 되기까지 어머니는 옆방에서 매일 밤 외할머니 꿈을 꾸었다.

⌒

의대 레지던트 과정을 밟을 당시에 어머니는 허리가 쑤신다고 불평하는 노부인들을 치료하기 싫어했다. 쉰세 살에 포궁암으로 죽은 자기 어머니를 떠올렸다. 이 노부인들만큼 나이가 들기도 전에 죽은 어머니를 생각하면 이들을 딱하게 여길 수 없었다. 그래서 어머니는 병리학자가 되기로 했다.

어머니는 토론토의 병원에서 시신을 부검하고 현미경으로 검체를 들여다보며 세포가 악성인지 양성인지 진단했다. 어머니가 레지던트였을 때 아버지와 나는 주말마다 병원에 찾아가서 어머니가 쉬는 시간에 구내식당에서 같이 점심을 먹었다. 현미경으로 본 세포가 아름다워서 병리학자가 되었다고 어머니가 말한 적이 있다. 보랏빛과 분홍빛이 어우러진 무늬.

어렸을 때 나는 어머니가 펜과 마커가 널려 있는 침대 위에서 이불을 덮고 앉아 두꺼운 의학 서적에 하이라이터로 밑줄을 긋는 모습을 자주 보았다. 다섯 살 때는 어머니가 몇 달간 혼자 살던 아파트를 아버지와 방문하고는 했는데, 어머니는 시험공부에 집중하려고 따로 나가 살고 있었다. 색색 펜과 책이 가득한 아파트에 홀로 사는 어머니는 멋지고 매력적이었다. 나도 어머니처럼 살고 싶었다. 아무에게도 방해받지 않고 아파트에 혼자 살고 싶었다. 나는 어머니의 아파트에 가기를 좋아했다.

어머니는 아버지에게 나와 남동생을 맡기고 일에 매진했다. 나는 다정한 아버지 덕분에 행복했지만, 어머니를 얼굴도 보기 힘들다는 점이 이상했다. 사람들이 어머니라는 존재를 두고 하는 말들이 싫었다. 어머니라는 존재와 아버지라는 존재를 정의하는 고정관념이 싫었다. 아버지는 다른 아이들의 어머니 같았다. 아버지는 내 학교 수학여행에 동참했고, 내 친구들과 선생님 이름을 빠짐없이 알았다. 나를 생일 파티와 발레 수업에 데려가주었다. 아버지는 어머니가 퇴근하기 몇 시간 전에 집에 왔고 주말에는 절대 일하지 않았다. 아버지가 퇴근하고 현관문으로 들어와 서류 가방을 내려놓는 소리가 들리면, 나는 부리나케 복도로 뛰어가 맞이했다. 아버지를 사랑하는 마음에 정신이 나갈 정도로 행복해하며 품에 뛰어들었다.

내게 어머니가 죽었냐고 물어본 친구도 있었다.

어머니는 순종적이고 책임감 강하며 부모에게 까듯한 딸을 원했는데 나는 그러지 못했다. 어머니는 엄격했으며 내가 자기처럼 의사가 되기를 원했지만 나는 예술에만 관심이 있었다. 어머니는 예술을 향한 열정을 이해하지 못했다. 내가 세상 무엇보다 사랑하는 것이 어머니에게는 가치가 없었다. 나는 아리송할 수밖에 없었다. 나는 어머니에게 어떤 가치가 있을까? 내가 누리지 못한 것들을 애틋하게 갈망한 적이 있나? 친구들 어머니의 따뜻한 시선과 손길 같은 것? 하지만 나에게는 사랑을 끝없이 쏟아 준 아버지가 있었다.

비록 어머니와 아버지의 결혼 생활은 끝에 가서 불행해졌지만—어머니는 직업과 성취를 중시하는 반면에 아버지는 흥미로운 경험과 즐거움을 중시했다—어머니는 그 시대의 일반적인 남자들과 달리 자식에게 헌신하는 아버지와 결혼해서 다행이었다. 아이들 양육을 맡길 수 있으며 보통 남자들보다 훨씬 더 많이 거들어준 남편이 있어서 마음을 놓을 수 있었다. 이런 면에서 어머니는 짝을 잘 찾았다. 아버지는 어머니를 행복하게 해주지는 못했을지언정 어머니가 일에 전념할 수 있게 도왔다.

이제 어머니와 아버지는 형제처럼 지낸다. 우리 집안에는 워낙 가족이 귀하니까.

어머니는 헝가리의 의대에서 시체를 처음 봤다. 눈앞 테이블에 누인 시체를 슬쩍 본 순간 현기증이 났다. 시체란 단순히 피와 뼈와 내장 기관으로 이루어진 조직이라는 것을 알았으면서도 왠지 눈을 떼지 못하고 계속해서 무언가를 찾았다. 종교적인 가정에서 자라지 않았음에도 어머니는 시체에 아무것도 깃들어 있지 않다는 사실을 목도하고 심란해했다.

꽤 어린 나이에 결혼했을 때 나도 이렇게 느꼈다. 결혼하는 순간에 무언가가 나타나거나 시작되리라 기대했다. 결혼의 반짝이는 거품이 우리를 감싸며 마법 같은 일이 벌어질 줄 알았다. 그러나 어머니가 부검된 시체에서 아무것도 발견하지 못하였듯이, 혼인이 성사된 순간에 나 역시 사기당한 사람처럼 억울한 심정이었다. 결혼은 그저 내가 결코 완수할 수 없는 삶의 양식에 불과했던 것이다.

내가 아기를 낳는다면, 분만실에서 아기를 낳고 처음 보듬은 순간에 또다시 비슷한 허탈감을 느낄까 봐 두렵다. 자식을 갖는 일에도 마법 같은 요소는 없다고, 아니나 다를까 내게 너무도 익숙한 평범한 삶의 일면에 지나지 않는다고 깨달을까 봐.

글을 쓰고 있는데 마일스가 들어와 내 뒤에 서서 가슴을 어루만졌을 때 나는 뻣뻣하게 굳었다.

조금 전에 가슴이 큰 여자의 사진을 보고 있던지라 내 가슴은 별로 만질 것도 없으리라는 자격지심이 들었다. 마일스가 내 가슴을 부족하게 여겼으리라 생각했다. 이내 마일스가 손을 거두었다. 내가 경직된 것을 느꼈을까?

그렇다

내가 가슴에 자신감이 없다는 사실을 눈치챘을까?

그렇다

내 가슴을 만지고 빈약하다고 실망했을까?

아니다

아, 글쎄. 그럼 큰일이네. 나의 열등감을 마일스에게 이입한 거잖아. 내가 우주의 지혜를 동전들에 이입하는 것처럼. 그래도 동전에 질문을 던져 그렇다 혹은 아니다라는 답을 얻으면 사고의 흐름에 잠시 제동을 걸 수 있다. 동전점을 시작한 뒤로 생각이 더 유연해진 듯하다. 뜻밖의 답이 나오면 내가 미처 생각하지 못한 가능성을 추측하며 더 좋은 답을 찾게 되기 때문이다. 익숙한 생각에 안주하려는 충동을 멈추기. 어쨌든 그렇게 느껴진다. 예상치 못한 답의 충격에 떠밀려 더 깊이 파고들게 되니까. 사유의 흐름이 평소보다 더 길게 이어진다. 또한 이쯤 나이가 드니 자기 수용을 어느 정도 이룬 듯해서, 동전을 던져 답을 구하는 행위가 나의 자주성에 위협을 가하지는 않는다. 여전히 자기혐오에 빠져 있다면 그랬겠지만. 잠깐, 내가 여전히 자기혐오에 빠져 있나?

아니다

내가 스스로를 진정 혐오한 적이 있을까?

아니다

그래, 심지어 나 자신이 너무 싫다고 생각하던 시절에도 그 감정은 내가 지어낸 것에 지나지 않았어. 그때도 나는 세상에 태어났음을 축복으로 여겼으니까. 자기 자신을 싫어하면서도 세상을 사랑할 수 있을까?

그렇다

하지만 자기 자신도 세상의 일부잖아?

그렇다

그럼 나는 자기 자신을 싫어하면서 세상을 사랑할 수는 없다고 봐. 자기 자신이 세상의 일부가 아니라고 느낀다면 모를까.

그거야?

그렇다

그것이 바로 절망의 정수일까?

그렇다

절망의 반대는 뭐지? 기쁨?

그렇다

평온함?

아니다

행복?

그렇다

그러니까 행복과 기쁨의 정수는 자기 자신이 이 세상의 일부
라는 믿음인가?

그렇다

그 말인즉, 자기가 실존적으로 세상에서 분리되지 않은, 전체
의 하나라는 느낌?

아니다

세상에 융화되어 있는 느낌?

그렇다

큰 의미의 세상과 작은 의미의 세상 둘 다?

아니다

작은 의미의 세상에서만? 자기가 사는 도시나 타인과의 관계,

혹은 가족이나 친구들 사이에서?

아니다

큰 의미의 세상에서만? 자연이나 인류나 시간처럼?

그렇다

올해 나는 행복해지겠다는 새해 결심을 세웠다. 다른 모든 것을 대가로 치르더라도 행복해지고 싶었는데, 행복이 과연 무엇을 뜻하는지 알지 못했다. 이제 깨달았으니 그것에 집중하련다. 행복과 기쁨은 자신이 이 세상에 속한다는, 자연이나 인류나 시간처럼 큰 의미의 세상에 융화되어 있다는 믿음에서 우러나온다.

⌁

주말에 아버지와 함께 내가 아홉 살쯤이었을 때 플로리다에서 찍은 영상을 보았다. 영상 속에서 어머니와 동생이 아파트 복도에 서 있다. 어머니의 신앙심 깊은 사촌들이 아파트에서 두 호를 소유했는데, 당시에 우리 가족이 그중 한 집에 일주일간 머물렀다. 우리가 묵고 있던 집에서 텔레비전이 있는 다른 집으로 가는 중에 아버지가 비디오카메라로 영상을 찍었고, 나는 카메라를 의식하며 연기하고 있다. 아버지에게 천장 팬을 찍으라고 하고 연기자의 목소리로 천천히 과장되게 말한다. 팬을 봐요! 둥글게, 둥글게 돌아가네요… 어수룩한 사람에게 집을 팔려는 부동산 중

개인처럼 말이다.

영상 속에서 어머니는 우리가 들어가려는 집의 문틀에 기댄 채로 아버지에게 열쇠가 있냐고 묻는다. 얼른 우리에게서 벗어나 들어가고 싶은 마음이었겠지. 우리를 보는 어머니의 얼굴에 경멸이 어려 있다. 연기 좀 그만해! 어머니가 말한다. 네 삶을 살려고 노력해. 그 무엇 하나에도 어머니와 마음이 맞지 않았던 아버지는 나를 변호한다. 그런 게 아냐. 쟤는 지금 우리가 한 집에서 다른 집으로 가고 있는 여행담을 쓰려고 연기하고 있어. 어머니는 나직한 목소리로 아버지에게 쏘아붙인다. 아냐! 나는 쟤한테 가끔 따끔하게 주의를 주었어. 자신의 진정한 모습대로 살아야 한다고. 하지만 난 이제 저 애의 진정한 모습이 뭔지 모르겠어. 연기하는 모습과 진정한 모습이 온통 섞여버렸으니까.

참으로 오랫동안 나는 이 영상을 보며 어머니의 경멸을 느끼고 가슴 아파했다. 어렸을 때는 이것을 어머니가 나를 사랑하지 않았다는 완벽한 증거로 여겼다. 하지만 지금은 어머니의 비판이 옳았다고 생각한다. 과연 나는 어디까지가 진정한 나이고 어디까지가 연기인지 알지 못했다. 하지만 어머니가 이 문제를 좀 더 생산적인 방식으로 지적해주고 내가 해결할 수 있게 도와주었으면 얼마나 좋았을까. 어머니가 나의 무엇을 마뜩잖게 여기는지 도무지 알 수 없어서 나는 내 모든 것이 잘못되었다고 생각했다. 늘 그렇게 느꼈다. 나 자신이 고칠 수 없을 정도로 잘못되

었다고 믿었고, 그것이 무슨 뜻이든 무결한 사람이 되려고 무던

히도 노력했다. 어머니의 눈에 비친 모습보다 나은 사람이 되려

고, 어머니가 인정해줄 일을 하나라도 하려고.

어제 아침에 어머니와 나는 로이 톰슨 홀의 강당에 앉아서 마일스의 변호사 선서식을 보았다. 세 시간에 이르는 선서식에 가족 전원이 참석했다. 얼마 안 가 마일스는 사무실을 임대하고 개업할 것이다. 선서식에 수백 명이 모였다. 어머니와 나는 단상에서 까마득히 먼 자리에 마일스의 가족에게 둘러싸인 채로 앉았고, 앞뒤로 모르는 사람들이 빽빽했다. 나는 어머니에게 뉴욕 거리에서 만난 점쟁이의 이야기를 전했다. 우리가 슬픈 이유는 가족 모계의 삼 대, 나와 어머니와 할머니가 저주를 받아서라고. 어머니는 엷고 묘한 웃음만 떠었다. 내가 왜 웃냐고 묻자 어머니는 점쟁이의 말을 믿지 않는다고 말했다.

⌒

선서식이 끝난 뒤에 나는 가든파티에서 실비아와 대화를 나누었다. 우리 가족의 친구인 실비아가 자기 아들과 마일스를 위해 가든파티를 열어주었다. 실비아는 나와 마일스의 관계가 좋아

보인다며, 자기 남편의 등을 가리키고 말했다. 저이와 사귈 때 그랬어. 실비아는 남편과의 첫 만남에 얽힌 흥미로운 이야기를 들려주었다. 예상치 못한 이야기였다. 처음 만났을 때 두 사람 모두 배우자가 있었다. 이십오 년 전이다. 사귀고 나서 처음 몇 년은 몹시 힘들었다고 했나. 지금도 아주 힘들어. 실비아가 말했다. 실비아는 예술에 전념하지 못하고 있다. 두 사람의 세 아이는 이제 성인이다. 실비아는 내가 이전 남자친구들과 사귈 때는 내 바람과 내 행복에만 집중하며 나르시스트적인 관계를 가진 듯하다고 말했다. 하지만 마일스와의 관계에서는 내가 전적으로 옳다고 고집하는 대신 잠시 멈춰 내 행동을 돌이켜보고 마일스가 원하는 바를 고려하는 듯하는데, 이것이야말로 자신의 한계를 끌어올린다는 면에서 아이를 키우는 일과 다름없다고 실비아는 말했다. 최선을 다하고 싶은 마음이 드는 남자와 함께하면 관계 중심적이 될 수 있어. 그리고 더 나은 사람이 될 수 있지. 우리가 있는 모습 그대로 늘 좋은 사람은 아니니까.

실비아는 조언했다. 마일스와 아이를 가지렴. 남자와의 관계를 끈끈히 하려고 아이를 가지라는 말처럼 들렸다. 어쩌면 내 예상보다 많은 여자들이 바로 그 이유로 아이를 낳는지도 모른다. 하지만 관계를 다지려고 아이를 가졌다가 오히려 남자가 멀어지는 경우가 많다는 것을 안다.

몇 년 전 일이다. 어머니와 쇼핑몰에 갔는데, 행복한 표정으로 남편과 손잡고 걷는 임신부를 본 어머니가 고개를 내젓더니 입속말로 중얼댔다. 지금을 즐겨. 임신한 상태를 즐기라는 뜻이 아니었다. 남편의 애정을 즐기라는 말이었다. 아이가 태어나면 남편은 여자보다 아이를 더 사랑할 테니까. 어머니가 말했다. 금세 대체당할 거야.

꼬

실비아와 대화를 마친 뒤에 나는 정원에서 어울리고 있는 열댓 명 사람들 무리를 떠나 부엌으로 갔다. 실비아의 장녀가 부엌 조리대에 기대서 있고, 발치에는 그의 두 살배기 아기가 있었다. 내가 말했다. 아이 있는 여자들이 부러워. 무슨 일이 있어도 아이만큼은 자기 것이잖아. 실비아의 장녀가 말했다. 그렇지 않아. 나도 한때는 가진 게 많았어. 하지만 이제는 아무것도 없어. 직업도 없지… 딸은 독립적인 존재야. 내 것이 아니야.

즉시 나는 그 말이 사실임을 알았다. 딸은 그와 별개인 존재였다. 그에게 소유되지도 속하지도 않았다.

꼬

실비아의 장녀는 아이가 거의 두 살이 될 때까지 우리 집 근처에 살았고, 한동안 나는 그 집에 찾아가서 도와주곤 했다. 아기의 기저귀를 갈아주던 일과 그때마다 나와 아기가 되풀이하던

장난이 또렷이 기억난다. 아기가 새 기저귀를 차고 드러누워 있으면 나는 기저귀를 가는 탁자 아래서 바지를 꺼내 아이에게 보여주었다. 이거 입을래? 아이는 조그맣게 시러! 하고 외쳤나. 이거? 내가 또 물어보면 아이는 시러! 하고 외치고 배시시 웃었다. 이것을 반복하다가 답 없는 상황에 우리 둘 다 웃음을 터뜨렸고, 아이는 결국 바지를 입었다.

한번은 집에 돌아와서 내가 아기와 어떻게 놀았는지 이야기하며 이렇게 즐거운 것이 얼마 만인지 모르겠다고 하자 마일스는 고개만 절레절레 저었다. 이런 뜻이었겠지. 여자로 태어나는 것만큼 한심하고 불운한 일은 없어.

⌒

간밤의 꿈에서 나는 긴 금발을 늘어뜨린 세 살배기 딸과 바다에서 놀고 있었다. 바닷물은 따뜻했고 우리는 출렁이는 파도를 타며 춤췄다. 휴가가 매번 이럴 수 있다면야 딸이 있다는 사실 자체가 기쁨이겠다고 나는 생각했다.

새벽 3시에 가슴 철렁한 기분으로 깨어나 생각했다. 아이를 갖고 싶은 바람을 여태 너무도 억누른 탓에 그 바람을 의식하지 못하게 되었으면 어쩌지? 마일스와 연인이 되고 한번은 내가 로스앤젤레스의 해변을 혼자 걷다가 언젠가 우리가 아이를 가질지도 모른다고 생각하며 결혼반지를 낀 마일스를, 세상에 하나뿐

인 내 남편인 마일스를 상상하고 달아올랐었다. 절반은 마일스
인 아이를 배는 상상에 성적 흥분감을 느꼈었다.

아이를 가지면 인생의 모든 경험에 깊이가 더해지고, 만사가
더 심오하고 풍요로워지리라는 확신이 들 때도 있다. 때로는 내
가 뇌종양에 걸린 것은 아닐는지 생각한다. 누가 손가락으로 뇌
를 누르고 있는 듯한 느낌이다.

⌒

양육이야말로 실로 아무도 알아주지 않는 고생인지도 모른다.
그러나 태어나고 싶어서 태어난 것이 아닌 인간에게 힘을 쏟는
다고 누가 고마워하길 바라는 마음은 어쩌면 무리 아닐까. 그렇
다면 여자들은 마일스가 말한 대로 아이를 낳지 않고 가임기가
끝나기를 기다려야 할까? 아이를 갖고 싶은 충동이 강렬히 솟구
치더라도 자기를 부정하는 마음으로 충동을 힘껏 억누르고 최선
을 다해 피해야 할까? 남성이 정복과 폭력을 수단으로 삼지 않
고 자신의 가치와 능력을 증명해야 하듯이 여성도 어머니가 되
는 일 말고 다른 방법으로 가치와 능력을 증명해야 하지 않을까?
더 많은 남성과 여성이 이렇게 하면 세상이 나아지지 않을까?
마일스는 세상 사람들이 아이를 가진 여자를 경외하듯이 거칠고
지배적인 남성을 존경한다고 했다. 출산에 깃든 자만은 식민지
개척에 깃든 자만과 유사하다. 둘 다 세상에 자신을 새겨 넣고

자신의 가치와 이미지로 덧칠하고자 하는 바람을 품고 있다. 슬하에 자식이 셋, 넷, 다섯, 혹은 그보다 더 많다는 말을 들을 때면 나는 공격을 받은 듯한 기분이 든다. 탐욕스럽고 고압적이고 무례하다고 생각한다. 자기 자신을 퍼뜨리려는 그 오만함이란.

그러나 어쩌면 나도 그들과 별반 다르지 않을지도. 내 책을 세상에 퍼뜨리고 싶다는 바람으로 페이지마다 나를 온통 묻혀놓지 않는가. 신앙심 강한 내 사촌은 나와 동갑인데 아이를 벌써 여섯이나 두었다. 나는 책을 여섯 권 출간했다. 우리가 서로 많이 다르지 않은지도 모른다. 작은 차이가 있다면, 자신의 무엇을 세상에 퍼뜨릴 의무감을 느끼는지 정도.

북투어

해외에서 보낸 첫 밤, 스톡홀름의 작은 식당에서 서른두 살인 스웨덴 편집자와 대화를 나누었다. 편집자는 자기 여자 친구들 무리에(모두 기혼에 아이가 있다) 결혼한 지 칠 년이 되었음에도 아이를 갖지 않은 친구가 있는데, 대학 시절 친구 중에서 아이가 없는 이는 그뿐이라고 했다. 그 친구네 부부는 아이를 원하지 않는다고 밝혔다. 그런데 그 친구가 모임에 빠지기라도 하면 다들 사실은 그가 아이를 원하는데 남편이 원하지 않는 모양이라고 추측하며 동정한다고 했다. 그의 삶은 친구들 사이에서 큰 화젯거리다. 나는 그 친구가 진심으로 아이를 원하지 않을지도 모른다고 했으나 편집자는 내 말을 못 미더워했다. 세상에 아이를 원하지 않는 여자가 있다는 사실을 절대 못 받아들여서가 아니었다. 아마도 그 무리에서 아이 없는 친구는 이미 딱한 대상으로 각인되어 다른 친구들이 우월감을 느끼게 해주는 존재가 되었기 때문이겠지. 친구들은 그의 삶을 두고 전문가를 자처할 터이다. 자기들이 그의 삶을 본인보다 더 잘 안다고 믿으면서. 이 여자들은 자기들의 삶을 상대적으로 더 빛나게 해줄 대상이 필요한 것이니, 그 친구는 무리에서 중요한 역할을 맡고 있는 셈이다.

나는 그 친구가 대학 동기들과 어울리기가 참으로 거북하리라 생각했다. 친구들이 자기를 오해할 뿐만 아니라 동정한다는 사실을 눈치챘을 테니까. 그 여자에게 새로운 친구들이 있었으면 좋겠다고 생각하다가, 아마도 있으리라고, 대학 친구들은 어쩔 수 없을 때만 만날 뿐이고, 그래서 친구들이 그의 착각과 결핍에 대한 억측을 숙덕거리는 모임에 없던 것이 아닐까 싶었다.

∽

작가 축제에서 머리칼이 짙고 키가 큰 미국인 여성 작가를 만났다. 그는 우리 나이대 여자들은 또래 여자를 만나면 일단 아이가 있는지 물어보고, 만약 없으면 아이를 낳을 생각인지 물어본다고 했다. 마치 남북전쟁 같아요. 당신은 어느 편이지?

우리는 더블린의 평범한 바에 있었다. 제법 늦은 시각에 북적거리는 바의 현란한 조명 아래서 젊은 남자들이 당당하고 친근하고 열정적으로 춤췄다. 젊은이들은 제가끔 모여 서로 엉덩이를 붙잡고 가슴을 부딪치기도 하고 때로는 별 기대 없이 우리에게 작업을 걸었다. 우리는 냉정하게 딱 잘라 거절했다. 미국인 작가가 화장실에 다녀오겠다며 일어났다. 나를 여기에 혼자 두고 가려고요? 내가 말했다. 그가 화장실에 가 있는 동안 나는 커다란 텔레비전 화면 속의 화려한 여자들에게 시선을 고정했다. 미국인 작가와 내가 아이를 낳는 일을 고민하며, 그런 이야기나 하고 있다는 사실이 불공정하다고 생각했다. 아이를 갖지 않으면 평생 후회할지도 모른다는 불안감 속에서. 엄청난 음모가 아닌가 하는 생각이 문득 들었다. 삼십 대가 되어 이제야 어느 정도 지각이 생기고 기술과 경험을 쌓은 여자들이 쓸모 있는 일을 하지 못하게 발목을 붙잡는 음모. 아이를 낳지 않으면 후회할지도 모른다는, 시시각각 닥치는 두려움에 정신력을 쏟으면서 다른 일에 집중하기가 쉽지는 않다. 그런데 여기 술 취한 남자들은 이 문제로 잠시도 골치를 앓지 않을 터이다.

∽

뮌헨에서의 일이다. 삼십 분짜리 예술 방송의 피디가 내가 프로그램 호스트와 하는 이야기를 우연히 들었다며 말을 걸었다. 그는 자그마한 체격에 금빛 생머리를 뒤로 묶었고, 커다랗고 묵직한 클립보드를 들고 있었는데, 임신 육 개월 정도로 보였다. 자신이 마흔한 살이고 둘째를 임신 중이라고 했다. 자기 배를 가리키며 말했다. 내가 꼭 이런 삶을 살 필요는 없었어요. 다른 선택을 할 수도 있었죠. 아이를 갖는 게 필수는 아니에요. 하나의 선택일 뿐이죠.

인터뷰 담당자는 오십 대 중반 남자였다. 그는 늘 아이를 원했지만 자기와 꼭 맞는 여자일 경우에만 가정을 꾸리고 싶었는데, 그런 여자를 마흔다섯 살이 되어서야 만났다. 두 사람이 만났을 때 여자는 삼십 대 후반에 네 살짜리 아이가 있었다. 두 사람은 가족계획을 의논했고 여자는 결정을 그에게 맡겼다. 그는 결국 아이를 갖지 않기로 했다. 자신이 너무 늙었다고 생각했다.

인터뷰 담당자는 자기 형제 중 아무도 아이를 갖지 않았는데, 부모가 이십 년 결혼 생활 끝에 이혼했기 때문이라고 말했다. 그게 무슨 상관이죠? 내가 물었다. 부모가 가정을 *깨뜨렸잖아요*. 그래서 우리 형제는 핏줄을 이어나갈 의무를 느끼지 않았어요.

⌐

어젯밤에 나의 네덜란드 출판업자는 현 부인과 아이가 둘이고 전 부인과 딸이 한 명 있다고 말했다. 맏딸은 스물네 살이고, 아들 두 명은 열두 살과 아홉 살이다. 그는 셋째 아이가 태어난 뒤에 아내에게 말했다. 여기까지, *끝!* 이제 나이가 들었으니 아이를 그만 가져야겠다고 생각하고 정관수술을 받았다. 그러나 수술을 받고 몇 년간 자꾸만 후회가 들었다. 아들들이 커감에 따라 그는 또 아이를 갖고 싶은 바람을 느꼈다. 갓난아기를 품에 안는 기분이 그리웠다.

그의 친구 한 명은 결혼한 지 십삼 년 된 남편과 아이를 가지려고 노력하고 있다. 체외 수정을 여러 번 시도했지만 번번이 실패했다. 그러다 친구가 하룻밤 바람을 피웠는데 덜컥 임신해버렸다. 여자는 남편에게 고백했다. 남편은 아이를 자기 아이로 받아들이겠지만 따로 생부가 있다는 사실을 아이에게 비밀로 한다는 조건을 걸었다. 여자는 그 조건을 받아들일 수 없어서 두 사람은 헤어졌다. 이제 그녀는 고생 좀 할 거예요. 네덜란드 출판업자가 말했다. 싱글맘이 되어버렸으니까요.

　나는 담배를 피우러 식당 밖으로 나갔다가 불을 붙여주겠다고 권한 남자와 대화를 하게 되었다. 어디서 왔냐고 묻기에 대답했더니, 뉴욕에 사는 자신의 게이 친구에 관한 이야기를 들려주었다. 그 친구와 친구의 애인은 둘 다 변호사다. 두 사람에게는 한 여자의 난자에서 수정하고 다른 여자의 포궁에서 키운 아이가 둘 있다. (그는 심한 네덜란드 악센트로 물었다. 난자, 이게 맞는 단어죠?) 두 여자 모두 아이들의 삶에 전혀 포함되어 있지 않다. 변호사인 두 사람이 계약서를 매우 철저히 작성해놓았기 때문이란다. 친구네 커플은 큰돈을 지급해야 했는데, 특히나 포궁을 빌려준 여자에게 많은 돈을 주었다. 여자가 늘 불평했거든요. 아, 허리가 너무 쑤셔요. 아, 이게 필요해요. 저게 필요해요. 나는 이런 식으로 묘사된 여자가 안쓰러워서 계속 옹호했다. 여자가 사정이 아주 어려웠겠죠. 그러니까, 어느 여자가 두 번이나 포궁을 타인에게 빌려주겠는가? 여간 어렵지 않고서야 자기가 낳은 아이를 두 번 다시 못 보는 괴로움을 되풀이할 가치가 있다고 생각하겠어요? 하지만 나도 아이를 가질 수 없는 사람들을 돕고 싶어 하거나 임신한 상태를 좋아하는 여자들이 있다고는 들었다.

그 남자는 단순히 자신의 게이 친구가 나와 마찬가지로 토론토 출신이라 이 이야기를 들려준 것이었다. 그는 친구네 아이들이 무척 귀엽고 착하다고 강조했다.

～

다음 날 나는 오후 4시 반에 열릴 강의를 시작하기 전에 햇살을 받으며 즐겁게 산책했다. 글을 쓰는 덕분에 내가 얼마나 많은 것을 얻었는지 곱씹어보며, 이러한 열정을 삶의 중심에 둘 수 있어서 행운이라고 생각했다. 게다가 글을 쓰고 있을 때는 절대 외롭지 않다. 불가능하다. 외로움이라는 감정으로 분류하는 것 자체가 불가능하다. 글쓰기란 곧 관계를 맺는 일이니까. 자기 자신보다 더 신비로운 어떤 힘과 관계를 맺는 일이다. 나로 말하자면, 글쓰기는 내 인생에서 가장 중요한 관계다.

패션모델들에 관해 생각했다. 외모가 아름다운 덕에 세계를 여행하고 큰돈을 벌며 원하는 사람을 쉽게 만날 수 있고 조건이 좋은 남자들의 눈에 띌 수 있다. 나도 그중 몇 개는 얻을 수 있다. 나는 아름답지 않지만 아름다움을 손에 넣을 수 있다.

～

오늘 아침에 욕조에 쪼그려 앉아서 다시 한번 조그만 샤워기로 씻었다. 처음에는 제대로 씻지 못하는 듯해서 속이 터졌다. 하지만 이런 방식으로 씻은 지 고작 사흘째인 오늘은 이 행위가 관능적으로 느껴진다.

⌒

작가 축제를 마무리한 어젯밤에 호텔 발코니에서 담배를 피우고 있는데 또 다른 참가 작가인 애덤이 말하기를, 내가 아이를 갖는 문제를 고민하며 던지는 모든 질문이 결국 아이를 갖는 일로 이어질 듯하다고 했다. 왜 그렇게 생각하냐고 묻자 애덤은 답했다. 궁금해서라도 아이를 갖고 싶을 거예요. 애덤과 부인은 아이가 둘이다. 대마초에 취해 있던 나는 그의 말을 믿었다. 축제에서 우리는 같이 패널을 맡았다. 그에게 대답하려던 참에 유니폼을 입은 사람이 발코니에서 담배를 피우면 안 된다고 소리쳐서 기회를 놓쳤다. 이 책을 쓰면서 오히려 아이를 갖고 싶은 바람이 시들해졌다고 말하고 싶었다. 어머니라는 일을 많은 사람이 이미 맡아서 하고 있음을 책을 쓰면서 새삼 깨달았다. 따라서 나까지 그 일을 떠안을 필요는 없었다.

패널 토의가 끝난 뒤에 저자 사인회 담당 직원이 내게 다가왔다. 나이가 지긋한 그는 머리가 하얗게 세고 다소 통통했으며, 웃는 얼굴이 곱고 정감이 갔다. 조금 전 토의에서 나는 아이를 갖는 일을 고민하고 있다고 청중에게 밝히고 대화를 나눈 참이었다. 여자는 자기 딸이 서른다섯 살인데, 한때 나와 같은 문제로 고민했다고 말했다. 그러다 딸은 결혼했고, 딸의 남편이 아이를 원하는 마음이 원하지 않는 마음보다 십 퍼센트 더 컸기 때문에 딸 부부는 결국 아이를 가졌다. 이제 딸은 어머니가 되어서 행복해한다. 딸이 자신에게 손주를 안겨주었다고 여자는 빛나는 눈으로 말했다. 그리고 삶에는 일단 뛰어들고 보면 우리에게 행복을 주는 일이 많다고 했다.

애덤은 이 대화를 옆에서 들었다. 발코니에서 그의 호텔 방으로 들어가는 길에 애덤은 그 여자가 남의 인생에 감히 훈수를 두는 태도가 몹시 불쾌했지만 놀랍지는 않다고 말했다. 임신 중지 수술과 마찬가지입니다. 애덤이 말했다. 사람들은 타인의 몸이 자기 소유인 양 생각해요. 타인의 몸에 자기가 의견을 내세울 권리가 있다고요. 남자들은 임신 중지 수술을 금지함으로써 여성의 몸을 지배하려 하고 여자들은 다른 여자에게 아이를 낳으라고 부담을 줌으로써 그의 몸을 지배하려 하죠. 너무나 이상하지만 사실이었다. 이내 나는 그런 남자들과 여자들이 같은 목적을 품고 있음을 깨달았다. 아이. 한쪽의 관점은 태아가 살고 싶어 한다는 상상에 기반하고, 다른 쪽은 여성이 아이를 낳음으로써 기쁨과 성취감을 느끼리라는 상상에 기반한다. 그러나 결국에 두 편은 한 점에서 만난다.

오늘 아침에 젊은 프랑스 남자가 나를 샤를 드골 공항까지 데려다주었다. 그는 진정한 예술은 눈에 보이지 않는다고 했다. 그런 믿음이 있으면서도 그는 자기가 소속된 작은 예술 단체 친구들에게 상품으로 팔 만한 것들을 만들자고 권유하고 있는데, 예술가로서 생계를 마련하기가 어렵기 때문이라고 설명했다. 상품을 만들지 않으면 먹고살기 힘들어요. 만드는 게 예술적 맥락뿐이라면요.

그의 차 뒷좌석에서 나는 아이를 낳지 않는 선택은 예술적 맥락을 창조하는 일과 비슷하고, 아이를 낳는 선택은 상품을 만드는 일과 조금 더 비슷하다고 생각했다. 상품을 만드는 예술가에게 판매금이라는 형태로 보상이 주어지듯이 아이를 낳으면 확실한 보상을 받는다. 자기 아이라는, 존재와 가치가 명백한 보상에서 부모는 삶의 의미를 찾을 수 있다. 아이가 있는 사람들의 미래는 선명하다. 자식 있는 삶은 한복판에 산이 우뚝 솟은 마을에 사는 것과 비슷하다. 마을 사람들 모두 산을 볼 수 있다. 모두 산을 자랑스럽게 여긴다. 마을은 산을 중심으로 발달했다. 아이가 부모 삶에 의미를 주듯이 산은 마을의 진정한 가치를 드러낸다.

그러나 자식 없는 삶의 의미는 남들이 쉽게 알아볼 수 있는 형태로 존재하지 않는다. 쉽게 보이지 않으므로 과연 있기나 할지 의심스럽기도 하다. 삶의 중심에 아무것도 없는 듯하다. 나를 공항에 데려다준 젊은 프랑스인의 친구들이 창조하는 예술적 맥락처럼, 아이 없는 삶의 가치는 눈에 보이지 않는다.

보이지 않는 길을 걷는 일이란 얼마나 근사한지. 가장 중요한 것이 보일락 말락 한 그 길을.

암스테르담 공항에서 마일스가 제일 좋아하는 향수를 선물로 샀는데, 괜히 샀다. 이번 북투어는 어마어마한 비용이 들었다. 북투어가 늘 그렇지만 말이다. 향수 가게에 오래 머무른 데다가 코트에 향수를 몇 방울 흘린 탓에 몸에서 향수 냄새가 지나치게 난다. 얼른 화장실에 가서 씻어내야지. 향의 구름 속에 더는 앉아 있지 못하겠다. 바닐라 향과 과일 향의 무자비한 공격.

플라스틱 벤치에 앉아 글을 쓰는 중. 지연된 귀국 비행기를 기다리며.

집

내 마음 한구석은 이 글에 진지하게 임하고 있지 않은데, 옆방에서 남자가 자고 있기 때문이다. 옆방에 있는 남자의 존재가 글보다 훨씬 강하게 나를 붙들고 있다. 그에게서 무언가를 받고 있기에 나는 답을 찾아 나설 마음이 좀체 들지 않는다. 한때는 나의 글이 나를 지켜줬을까? 지금은 그것들의 보호가 필요하지 않은데? 한때는 내가 글쓰기에서 위로를 받았을까? 지금은 그때만큼 위로가 필요하지 않은데? 내가 혼돈을 정립할 필요를 더는 느끼지 않는 것일까? 사랑은 혼돈을 정립할 뿐만 아니라 모든 것에 의미를 부여하니까?

북투어에서 돌아온 뒤로 나는 아이라는 형태로 신성한 완전성을 이루고자 하는 바람에 사로잡혀 있다. 어떤 여자들은 늘 이런 기분으로 살까? 아이가 자신의 삶을 완성하리라는 믿음이 너무도 확고해서 세상 그 무엇이나 누구도 그 믿음을 흔들 수 없을까? 온몸과 마음으로 아이를 원하는 여자들은 남자를 고를 때도 자기 인생 최고 목표에 필요한 수단으로서 남자의 가치에만 집중할까? 남자 자체는 부수적일 뿐이고?

때로는 마일스의 아이를 배는 일이 너무도 쉬울 듯하다. 내 몸 속 그의 몸, 그의 향긋하고 깨끗하고 부드러운 피부, 그의 뇌, 그의 심장이 나와 합쳐진다. 내게서 이 말을 들은 에리카의 한마디. 네가 묘사한 건 마일스의 아이를 배고 싶은 바람이 아냐. 그의 자지를 원하는 정욕이지.

사실이다. 내가 상상하는 임신은 무언가가 내 몸에 박히는 감각에 가깝다. 무척 큰 것이 깊숙이 들어오는 좋은 느낌. 실제로 임신은 이렇지 않겠지. 그렇다면 나는 진심으로 아이를 원하는 것일까, 아니면 마일스를 더 갖고 싶은 것일까? 아이는 마일스의 일부가 아니다. 아이는 당신의 남자친구가 아니다. 아이가 자라서 성관계를 갖기 시작하면 더더욱 당신의 소유가 아니다.

⁓

어젯밤에 매우 강렬한 꿈속에서 미래의 내 아이가 지구로 하강을 시작했다는 메시지를 받았다. 내 아이가 영혼을 얻었거나 혹은 영혼을 선택했는데, 아직은 아득히 멀고 높은 어딘가에 있다. 지구로 내려오는 하강은 일곱 달 전에 시작되었다—그러니까 일곱 달 전에 아이가 내 심장과 연결되었는데, 아이가 실제로 잉태되기에 한참 앞서 어머니의 심장에서 먼저 태어난다는 뜻인 듯했다. 꿈이 내게 전달하려는 계시를 보려고 다급히 뛰어갔으

나 이미지가 가물거리기에 나는 이 아이를 낳을 기회가 아직 남
았느냐고 물었다. 아직 늦지 않았다는 답을 듣고 안심했다.

～

그래, 나는 마일스의 아기를 갖고 싶은 듯하다. 마일스의 아이
를 갖는다고 생각하면 행복함에 가슴이 설레고 정신이 아찔하
다. 잠자리에 함께 누워 있을 때 더더욱 바람이 강렬해진다. 이
것을 마일스에게 말해야 하지 않을까. 하지만 뭐라고 하지? 가
슴속 한구석에는 내가 여성으로서 너무 부족하여 출산을 제대
로 치르지 못하리라는 불안이 도사리고 있다. 다른 여자들은 할
수 있지만 나는 할 수 없다고. 게다가 마일스에게 말한다고 생각
만 해도 벌써 피곤하다. 첫 경험이라 무슨 말을 할지, 손을 어디
에 두어야 할지 몰라 안절부절못하는 여자아이 같은 기분일 터
이다. 마일스에게 말을 꺼내기가 어려운 이유가, 내가 아이를 원
하는 마음이 진심이 아니라서일까? 아니면 별 이유 없이 그냥?
   나는 마일스의 눈에 평범한 여자로 비치기 싫은지도 모르겠
다. 마일스에게 그렇게 보이느니 차라리 아이를 갖지 않고 말겠
다. 아니면 아이를 원하지 않는다고 입이 닳도록 말해놓고 지금
와서 말을 바꾸려니 쑥스럽거나, 변덕스러운 여자로 보이기 싫
어서일까? 난데없이 아이를 원한다고 말하면 마일스가 나를 경
박하다고 생각할 텐데, 그게 싫어서일까? 그것도 아니면 그가 먼

133

저 나와 아이를 갖고 싶다고 말하기를 기다리고 있나?

~

최근 들어 나는 섹스할 때마다 마일스가 마치 나를 임신하게 만들고 싶은 양 내 안에 사정하는 것을 상상한다. 그가 나와 아이를 갖고 싶어 한다는 생각은 다른 그 어떤 성적 환상보다 나를 흥분하게 한다. 한때는 그가 나를 성적으로 지배하기를 바랐지만 요즘은 그렇지 않다. 아이가 있었다면 아이에게 끌려다녔겠지. 아이의 요구에 지배 받고 싶은 환상 따위는 없다. 그런데도 마일스가 내 안에 사정하는 것을 상상한다.

아이를 원하는 몸의 욕구를 내 이성적인 정신이 이해하려고 애쓰고 있는지도. 이 욕구는 나뿐만 아니라 내 주변 여자 모두에게 아이를 가지라고 요구하는 듯하다. 다들 발정이 난 것처럼 아무하고나 자고 싶어 한다. 내가 아는 여자 가운데 세 명이 남자친구와 헤어졌는데, 다들 자기 나름의 방식으로 갑작스레 새로운 남자에게 가려고 그랬다. 이제는 새 남자와 결혼했거나 그와 함께 아이를 가지려고 노력하고 있다. 마치 친구들 몸의 어떤 부분이 작동하기 시작하여 더 매력적이고 확실한 미래를 가리킨 것 같다.

원시적인 도마뱀 뇌가 몸을 속여서 그 오래된 번식의 노래를 부르게 만드는 것일까? 물론 사람은 자기에게 익숙한 것보다 많은 부분으로 이루어져 있다. 여태 의식하지 못한 부분들이 과거에는 조용했거나 혹은 눈에 띄지 않고 자기 역할을 해왔는데, 이제 그것들이 팔꿈치로 살짝 밀거나 발가락을 내밀어 당신 삶을 끌어당기고 있는지도. 그러나 그 부분들은 늘 자기 자리에서 당신의 삶을 끌어왔다. 갑작스레 시작되었지만 이제는 당연해진 성적 본능처럼 언젠가는 모성도 자연스러운 나의 일부가 될까? 성적 본능에 눈을 떴을 때와 마찬가지로 처음에는 모성에 저항하겠지만, 돌이켜보면 성적 본능은 결국 나를 붙잡았다. 내가 선택해서 간 길이 아니다. 삶이, 자연이 우리를 끌어당긴다. 그래서 우리는 그 시절을 후회하지 않는다. 게다가 그 본능이 우리를 어디로 데려왔는가? 더 흥미로운 곳으로 데려와 삶을 더 다채롭게 해주지 않았나. 그때와 마찬가지로 몸이 우리를 어머니가 되는 길로 끌어당기고 있을까?

여러 가설을 테레사와 의논했다. 테레사는 자기가 삼십 대 후반일 때는 길거리로 뛰쳐나가 처음 눈에 들어온 괜찮은 남자를 붙잡고 아이를 만들고 싶은 충동을 억제하느라 자기 자신을 침대에 묶어놓아야 했을 정도라고 말했다. 신체적 충동을 억누르려고 온갖 노력을 다했는데, 지금 와서 돌이켜보니 그러기를 잘했다는 생각이 든다고.

내가 정말로 원하는 것이 무엇일까? 나는 마일스와 공유할 수 있는 여자친구를 원한다. 마일스가 우리의 관계에 가져오는 남성성에 대적하는 여성성을 지닌 여자친구를 원한다. 그래서 나의 집과 삶에 균형이 잡히기를 바란다. 그러면 나도 마일스에게 무리한 요구를 하지 않겠지. 내가 바라는 종류의 친밀감은 오직 여자와만 가능하니까. 나는 남자친구와 여자친구를 모두 갖고 싶다. 아이를 원하는 마음보다 더 간절히, 나와 마일스가 공유할 수 있는 여자친구를 원한다. 그럼 삶이 면면으로 더 쉽고 따뜻하고 진실하며 올바를 것 같다.

딱 한 번 마일스와 내 여자 친구와 스리섬을 했을 때 나는 이런 기분이었다. 이건 천국이야. 내가 평생 삶에서 바란 전부야. 나를 속속들이 채워주고 있어.

어젯밤 꿈에서 마일스가 공원 벤치에 앉아 어떤 여자와 키스하고 있었다. 여자와 손가락을 맞대고 머리칼에 입맞추면서 일말의 죄책감도 느끼지 않는 듯했다. 척 봐도 여자는 마일스를 원하고 있었다. 나는 화가 머리끝까지 치밀어 그 자리를 떠났다가—마치 쓰레기를 버리러 가는 것처럼—벤치로 돌아갔다. 마일스에게 이렇게 행동할 생각이면 헤어지자고 말했다.

울면서 잠에서 깨어났다. 마일스가 나를 보고 한낱 꿈 때문에 울지 말라고 하며 언짢아했다. 악몽을 꾸었다고 울면서 잠에서 깨면 자기는 부끄러울 것이라고. 하지만 꿈속에서 내가 느낀 감정은 진실한데! 버림받은 기분. 나는 슬퍼서 울고, 그러면 그가 나를 정말로 버린다.

내가 화를 자초하는 셈이다. 어떻게 하면 내 삶을 그만 망가뜨릴 수 있을까? 삶이라는 축복을 망가뜨리면 안 된다. 맨날 이렇게 앉아서 울어도 안 된다. 눈물보다 빨리 달려야 한다. 그것이 내가 할 수 있는 전부다. 달리기 선수처럼 매일 눈물보다 빨리 달리자. 신념이 있는 사람처럼 눈물보다 빨리 달리자. 그래, 난 눈물보다 빨리 달리고 결국 이길 것이다.

⌒

눈물을 멈추려고 대마초를 몇 모금 피웠다. 월경 시작하기 일주일 전이다. 월경이 시작하기 전날과 닷새 전과 엿새 전과 열흘 전이 최악이다. 나머지 날들도 그리 좋지 않다.

대마초에 취하면 두려움이 눈물을 대체한다. 눈물이 두려움을 가리고 있었나? 임신하지 않고 또 한 달이 지나갔다는 두려움? 월경 전 증후군이 결국 그것일까? 죽음에, 혹은 번식하지 않았다는 데서 느끼는 원초적인 두려움? 나를 임신시키지 못한 마일스를 향한 분노일까? 그를 내 집과 삶에서 내보내고 나를 임신하게 할 수 있는 남자를 찾고 싶은 것일까? 대마초에 취하기 전에는 울고 싶기는 했지만 지금보다는 기분이 괜찮았다. 이제 눈물은 쏙 들어갔지만 몹시도 불안하다. 어떤 상태가 더 낫지? 대마초를 피우기 전이 낫다.

⌒

하나님의 두 얼굴을 어떻게 생각해야 할까? 전부 수용하고 사랑해주는, 마치 배란기에 있는 듯한 신약 성서의 하나님과 노기등등하여 가혹한 벌을 마구 내리는, 월경 전 증후군을 앓는 듯한

구약 성서의 하나님. 내 몸의 두 얼굴을 어떻게 화합할 수 있을까?

나의 기분을 이해하려고 노력해보자. 월경 전 증후군이라고 불리는, 두 주간의 황체기에 겪는 참담한 기분. 며칠간의 월경. 그다음에 난포기에 접어들어 일주일간 내 몸이 새로운 생명을 준비하며 자아내는 부드러움과 낯섦. 이때는 발상이 샘솟는다. 그리고 며칠간의 배란기에 반짝이며 찾아오는 기쁨. 성욕이 왕성하며 삶이 제대로 돌아가고 있다고 느낀다.

월경 주기를 정확히 예측할 수 있다면 내 기분에 휘둘리거나 그 기분을 떨쳐내려고 별별 수를 다 쓰는 대신에, 기분이란 그저 하늘에 떠 있는 구름처럼 자연의 일부임을 오롯이 받아들일 수 있을 텐데. 기분의 변화가 인간이 시간의 일부이거나, 시간에 결속되어 있거나, 혹은 시간 그 자체임을 증명하는지도 모른다. 특히 여성의 신체는 시간과 매우 밀접한 관계를 맺고 있으며 흐름을 표현한다. 월경이 시작되면, 또 한 달이 흘러갔다는 뜻이다.

에리카가 말했다. 생각해보니까, 시간의 영혼이라는 구절이 월경 전 증후군을 적확히 표현하는 것 같아. 단순히 비유가 아니야. 월경 전 증후군이 바로 시간의 영혼이야. 그래서 그렇게 불쾌한 거지.

월경 전 증후군

오늘 아침에 마일스가 넌지시 암시하기를, 나는 남자가 함께 삶을 일구어나가거나 의지할 수 있는 사람이 아니란다. 행동이나 말로 드러내지 않더라도 거죽 아래 진정한 모습은 남들의 눈에 결국 보이기 마련이다. 타인에게서 자신을 철저히 숨길 수는 없다. 나도 나 자신을 잘 모르는데 남들을 배려하고 상냥한 척하는 것이 무슨 소용일까? 내 가슴속에 어둠만이 가득한데 마일스에게 웃으며 아침 인사를 하거나 그를 웃게 하려고 노력하는 것이 다 무슨 소용일까?

오늘 아침에는 눈물이 계속해서 차올랐다. 눈물을 흘리지는 않았지만 울고 싶은 기분이었다. 혼란, 버림받은 기분. 휙 방을 나가버리는 마일스, 갈 곳을 모르는 채로 멀어지는 내 감정, 마일스의 가슴에는 내 감정이 안심하고 쉴 곳이 없다. 그는 내가 시작하기도 전에 떠난다.

〰

나의 거짓된 성향은—마일스는 내가 가식적이라고 지적하며 여자라면 누구나 지닌 성향이라고 주장했다—생물적 필요에 의해 빚어졌을까? 아이를 낳고 키운다는 목표를 위해서 도덕성은 간과해야 했을까? 아이의 삶이 유일하게 중요하고 다른 가치는 상대적인 것에 지나지 않을까? 여성의 뇌는 수천만 년에 걸쳐 그렇게 진화했을까? 지금 이 순간에—더는 시간을 낭비하지 않고 바로 결정한다—아이를 갖지 않기로 하면, 내가 자기 삶에 책임이 있는 한 사람으로서 다른 사람들과 맺은 결속과 이 세상을 가장 중요시하며 내 정신을 개선하고 거짓 없이 진실하게 살아갈 수 있을까? 책임감 있는 남자와 동등하게 책임을 다하는 여자로 살 수 있을까? 내 미래에 아기가 없을 것이라고 확정하고 아이로 인해 느끼는 기쁨과 성취감을 포기하고 나면, 남성이 자신의 권리 의식과 폭력성과 지배욕을 비우려고 애써야 하듯이 나 역시 타인의 삶, 특히나 여성 친구들의 가장 어두운 비밀을 둘러싼 뒤틀린 관심과 타인을 두고 입방아를 찧고 싶은 충동을 떨쳐내고 내 말과 행동에 책임을 지며 살 수 있을까? 새롭게 거듭나자. 지적으로 사고하고 끈기 있게 노력하여, 여성의 삶에서 가장 중요한 목표는 아이를 키우는 일이라며 육체가 정신에 속삭이는 거짓말과 속임수로 가득한 구름 속에서 길을 잃지 말고 헤쳐나가자. 내 몸이 속임수를 쓰지 못하게 통제하고 내 입으로 사실이 아닌 말을 내뱉지 않기. 이렇게 나를 새로이 창조하려면 어마어마하게 노력하고, 고통을 견디고, 또 고통을 초래해야 할 것이다. 자학적으로 나 자신을 괴롭히거나 실패한 기억 속에서 허덕이거나 알 수 없는 미래를 걱정하며 애태우는 대신, 의지의 힘으로 내가 원하는 미래를 일구어나가야 한다. 배려심에서 비롯되는 여성 특유의 자기 의심을 떨쳐내고, 시간 낭비일 뿐인 걱정을 잡아매고, 더 열심히 일하고, 더 깊이 사유하며, 이제껏 큰 위로가 되어준 나의 부드러움을 스스로 찢어버려야 할 터이다! 어쩌다 내가 꿈만 꾸느라 삶을 흘려보내는 동화 속의 공주처럼 깊은 잠에 빠져버렸는지 생각하면 등골이 섬뜩하다. 내가 스스로 깨어나지 않으면 끝내 잠에서 헤어 나오지 못한다. 정신을 가다듬고 더는 그 누구에게도 거짓말하지 말자. 올곧고 의연하며 자기 행동과 말에 떳떳이 책임지는 사람이 되자. 자꾸만 나를 잠의 안개로 뒤덮으려는 나의 여성성, 이것은 무척 강력하므로 철저히 경계해야 한다. 이것은 아이를 키우는 일이 선사하는 소박한 기쁨과 소소한 성취감으로 나를 유혹하여, 내가 양육에 빠져 나 자신을 잃고 다른 모든 것으로부터 단절되기를 바란다.

번식을 포기하고 나쁜 여자의 길을 택하면 어떨까? 생물적인 실패를 일부러 추구한다면? 오직 나만의 것이라고 부를 수 있는 영역은 무엇일까? 실패의 영역뿐이다. 실패의 영역에서만 우리는 온전히 혼자일 수 있다. 실패를 추구할 때만 우리는 비로소 자유로울 수 있다.

실패자들은 이 시대의 아방가르드다.

꿈

어젯밤 꿈에서 거울로 내 가슴을 보고 있었다. 가슴이 너무도 낮은 곳에, 배꼽께에 달려 있었다. 낮게 달린 가슴을 보고 나는 절망하며 울었다. 울면서 외쳤다. 가슴이 너무 낮게 달렸잖아! 그러다 자세히 봤더니 가슴에 각각 못이 다섯 개씩 박혀 있었다. 내 가슴은 사실 발굽이었고, 내가 걸을 수 있도록 그처럼 낮게 달린 것이었다.

어젯밤에 머리사를 만났다. 머리사는 꼭 촬영하러 온 것처럼 머리와 옷차림을 정성스레 꾸몄다. 수년 전에 어떤 잡지에 머리사의 프로필을 쓰면서 인연이 닿았다. 머리사는 자기가 직접 대본을 쓰고 배역을 맡은 텔레비전 시리즈 촬영을 마치고 돌아온 참이었다. 아주 오랜만이었다. 마지막으로 봤을 때 머리사는 당시에는 그녀만큼은 유명하지 않은 배우 남편이 있었고, 머리사가 로스앤젤레스로 돌아가면 그녀의 아파트에서 부부가 함께 살 예정이었다. 머리사의 이야기를 듣고 내가 남편이라는 사람에게 받은 인상이 기억난다. 그가 머리사의 커리어를 돕고 있다는 느낌을 받았었다. 어젯밤 저녁 식사 자리에서 머리사는 이혼 절차를 밟고 있다고 밝혔다. 머리사는 서른여덟 살이다. 머리사는 자기 여자 친구들 다수가 아이를 원하지 않으며 파트너와 사는 데 만족한다고 말했다. 하지만 자기는 아이를 원하는데, 지금 남편과는 아이를 갖고 싶은 마음이 당최 들지 않았다고 했다. 자기가 진정 사랑한 사람은 이탈리아의 영화감독이며, 늘 이 사람 생각뿐이었다고. 현 남편과 결혼한 후에도 이 남자를 계속 사랑해왔다. 혼인 관계가 사실상 끝났을 때 머리사는 영화감독에게 이메일을 보내, 오래전에 그와 입을 맞춘 뒤로 늘 그를 사랑해왔다고 고백했다. 그러나 영화감독에게 그 이메일은 너무 늦게 왔다. 그는 오래전에 그녀를 포기했다고, 지금은 다른 여자를 만나고 있는데 그 여자를 사랑하지는 않지만, 지금 사귀는 사람이 없었어도 머리사와는 함께할 수 없었을 것이라고 말했다.

이제 머리사는 두 남자를 모두 잃었다. 새롭게 싱글이 된 그녀는 세상의 주류에서 밀려난 듯한 느낌을 떨쳐낼 수 없다고 했다. 세상에서, 특히 여자들 사이에서 모종의 지위를 잃어버린 느낌이라고 했다. 머리사는 둥둥 떠다니며 다른 여자들에게 위협을 가하는 존재가 되었다. 머리사는 남편을 원망한다. 그는 우리 관계에서 주도권을 잡지 않았어. 그래서 머리사는 그를 존경할 수 없었다. 섹시하지 않아. 머리사는 말했다. 머리사는 남편이 자기와 결혼해서 큰 이익을 얻었다고 생각한다. 이제 남편은 배우로서 성공했으니까. 머리사는 부부가 둘 다 배우라서 몹시 힘들었으며 다시는 배우를 사귀지 않을 작정이라고 했다. 남편은 머리사가 저녁 식사 자리에서 한 말을 기억하고 있다가 마치 자기 아이디어처럼 인터뷰에서 써먹었다. 머리사는 집필에 집중하려고 남편을 피해 다녔다. 두 달은 여기 살고, 한 달은 저기 사는 식으로. 남편과 떨어져 있을 때는 일이 잘되었다. 그러나 이내 남편이 찾아왔고, 머리사는 창작의 흐름이 끊겨서 남편에게 집으로 돌아가라고 부탁해야만 했다.

내가 듣기에 이탈리아 영화감독과의 관계는 순전히 환상에 불과했으나 머리사는 자기들이 운명이라고 믿었다. 남편에게서 영감을 받아 글을 쓴 적은 없지만 영화감독에게서 받은 영감으로 극본 한 편을 완성했다. 두 사람이 같은 시기에 런던에 있었다는 사실 자체가 운명을 뜻하지 않을까? 나는 두 사람이 런던에 있으면서도 만나지 않았고, 밴쿠버와 로마에서 방문 시기가 겹쳤을 때도 만나지 않았다는 사실을 지적했다. 머리사는 운명이 자기들을 한곳으로 불렀다고 우겼지만, 나는 이렇게 해석했다. 두 사람이 한날 한 도시에 있게 되었으면서도 실제로 만나지 않았다는 점을 보면 운명이 이렇게 말하는 것이 아닐까. 너희 둘은 인연이 아니야. 봐! 내가 너희를 한곳으로 데려올 때마다 번번이 아무 일도 일어나지 않잖아.

식당에서 나오는 길에 머리사 뒤에서 걷다가 그녀의 앵클부츠를 보았다. 아찔하게 높은 킬 힐이었는데, 양쪽 굽의 안쪽이 살짝 닳아 있었다. 마녀처럼 비틀비틀 걷는 머리사를 보고 있자니 가슴이 먹먹했다. 뒷모습이 너무도 궁핍하고 연약해 보였다.

그날 머리사는 남자들이 파트너 안에 사정하기를 좋아한다고 말했다. 어찌 보면 뻔한 사실인데 그때껏 나는 해본 적이 없는 생각이다. 그 뒤로 몇 주나 이것을 생각한 끝에 나는 결국 IUD 포궁내 피임 장치를 사용해보기로 했다.

IUD 삽입은 고통스럽기 그지없었다. 시술을 받는 내내 난 머릿속에서 비명을 지르고 있었다. 그만! 그만! 그러나 끝까지 참았다. 수술대에서 휘청거리며 일어나 비틀비틀 진료실에서 나갔다. 기구가 균형 감각에 영향을 끼치지 않는다고 스스로에게 타이르면서도 휘청거리지 않을 수 없었다.

기구를 장착한 동안 마치 날카로운 곰덫이 몸속에 있는 느낌이었다. 똑바로 걸을 수 없고 움직일 때마다 불안했으며 기구가 내 속에 있다는 사실을 잠시도 잊을 수 없었다. 마일스가 하는 말마다 거슬렸는데, 내가 그를 위해서 이 기구를 내 몸에 집어넣었다는 생각에 원망이 들었기 때문이다. 갑갑하고 서글펐다. 임신하기는 싫었지만 임신 불능의 상태는 심지어 더 불쾌하다는 것을 깨달았다. 포궁이 차갑고 딱딱한 플라스틱과 금속 코일로 이루어진 양, 나의 가장 깊숙한 곳에 고문 기구가 자리한 듯했다. 나의 어떤 부위를 고문하고 있는지는 확실치 않았지만 말이다. 여태 존재하는지도 몰랐던 내 속의 예민하고 여린, 맥박이 뛰는 동물이 포획되어 마비된 느낌이었다.

열흘 후에 나는 도저히 견딜 수 없어서 기구를 제거하기로 했다. 병원을 나서는 길에 나는 마일스를 향한 사랑이 자유로워짐을 느꼈다. 소심하게 나는 인정할 수밖에 없었다. 내가 임신할지도 모른다는 작디작은 가능성이 그에 대한 사랑을 더욱 크게 만들었다고. 가능성 하나에도 어떤 힘이 실려 있다고.

⌒

어젯밤에 만난 다른 작가 친구에게 포궁 내 피임 장치를 삽입했었다고 말했다. 친구가 말했다. 나는 그건 못 해. 절대 못 해. 나랑 안 맞아. 나는 친구보다 자기 인식이 부족하다는 생각이 들었다. 친구는 사생활을 매우 중요시하고, 명확한 자기 인식을 지닌 듯했다. 나는 말했다. 너는 늘 네 마음의 소리에 귀 기울일 거 같아. 친구는 사실이라고 동의했다.

그러나 내 속에는 마음이 없는 듯하다. 내가 귀 기울일 수 있는 마음이 없다. 그 대신 이 동전들이 있다.

⌒

우리를 찾아오는 환상들. 아이가 없으면 아이를 키우는 삶에, 아이가 있으면 아이 없는 삶에 환상을 품기 마련이다. 이렇듯 현실과 다른 삶을 그리는 환상을 금기시해야 할까?

그렇다

이 금기와 의식적으로 관계를 맺어야 할까? 그러면 우리가 큰 의미의 세상에 융화될 수 있을까?

그렇다

의식적으로 관계를 맺으려면 무엇을 해야 하지? 행동으로 환상을 물리쳐야 할까?

아니다

머릿속에서 사유를 통해 관념적으로 물리쳐야 할까?

아니다

환상을 물리치는 대신에 이것을 우리의 삶과 엮어서 총체적인 경험을 창조해야 할까?

그렇다

우리를 유혹하는 환상은 절대 실현되지 않으리라 믿고 현실에 마음을 붙이기로 굳게 다짐하는 것이 총체적인 경험일까?

아니다

야곱은 천사와 힘을 겨룬 장소를 브니엘이라고 명명했다. 그렇게 함으로써 자신의 금기에 이름을 붙인 걸까?

그렇다

그렇다면 야곱은 인간이 하나님과 대면할 수 있다는 것을 금기로 여긴 듯하다. 내가 어머니가 되기를 두려워하는 만큼 야곱도 하나님과 대면한다는 생각을 두려워했겠지. 정신적이나 종교적인 수련을 통해 금기시된 환상을 삶의 한구석에, 안전한 구석에 넣어둠으로써 삶과 엮을 수 있을까?

아니다

야곱이 이스라엘이라는 새 이름을 얻은 것처럼, 우리는 새로운 정체성을 받아들임으로써 금기시된 환상을 삶에 통합할까?

아니다

금기시한 환상과 씨름한 이야기를 스스로에게 들려주어 자기만의 서술을 창조함으로써 삶에 통합할까?

그렇다

어머니가 되는 생각이 나에게는 금기인가?

그렇다

그렇다면 이 생각과 씨름하는 이야기를 통해 내 삶에 통합해야 할까?

그렇다

이야기는 오랜 시간이 걸린다. 이야기가 끝난 뒤에 우리는 늙고 약해져 비틀거리며 떠나지만, 바라건대 정신적으로는 더 강해졌기를. 야곱은 이곳에서 내가 하나님을 대면했다는 뜻으로 그 장소를 브니엘이라고 명명했다. 내가 대면하고 있는 건

153

무엇일까? 어머니가 될 가능성?

그렇다

이야기에서 악령-천사는 야곱을 축복한다. 하지만 잠깐—축복을 받는다는 건 무슨 뜻이지? 우리가 씨름하고 있는 대상이 우리의 안녕을 기원하나?

아니다

힘을 겨루는 행위가 우리를 영영 보호한다는 뜻일까?

그렇다

내 남동생은 태어나고 싶다고 한 적도 없는데 살아가야 하는 인생을 불공정한 부담으로 여긴다. 나는 반대로 생각한다. 삶은 내가 죽을 때까지 빚진 아름답고 희귀한 선물이고, 내 삶을 통해서 이 빚을 갚아야 한다고.

삶을 빚졌다는 생각이 어디서 왔을까? 누구에게 갚지? 그리고 나는 왜 삶을 빚을 갚는 일로만 여길까? 아이를 갖음으로써 빚을 갚을 수 있을까? 누군가는 그럴 수 있을지 몰라도 나는 그렇게 생각하지 않는다. 아이를 키우는 일이 고되다는 사실은 나도 알지만, 적어도 내 삶에서는 그 일이 사치 혹은 탈출로 여겨진다. 내게 허락되지 않은 즐거움이다. 아이를 갖는 일은 내 삶에 결부된 의무와 무관하다.

아들딸이 아니라 어머니를 위해 살면 안 될 이유가 있을까? 그런 이유 따위 없다. 내 삶을 글을 쓰는 데 바치고 싶다는 바람, 하루만에 스러지지 않고 십 년, 아니, 수십 년에 걸쳐 보호막이 되어줄 글을 쓰고 싶은 바람은 영원을 염두에 두고 아이를 키우는 일만큼이나 실현 가능한 인간의 포부다. 문학은 영원을 거슬러 올라간다. 문학은 선대를 위해 쓰인다. 핏줄로 이어진 선대가 아니라 문학의 계보에서 우리가 선택한 이들일 수도 있다. 우리는 그들을 위해 쓴다. 아이는 앞으로 흘러가는 영원이다. 그러나 내게 영원은 시간을 거슬러 올라가는 일이다. 더 먼 과거로 갈수록 영원을 더 깊이 파고드는 것처럼 느낀다.

지금껏 나는 내가 첫사랑을 발견하고 사랑에 빠지면 영원히 그를 사랑하며 함께하리라 믿었다.

어찌 보면 그 믿음은 실현되었다. 내가 서른두 살이 되어서야 함께하게 되었지만 마일스는 내가 고등학교를 마치고 독립한 뒤에 처음으로 원한 남자다. 마일스를 본 순간 사위가 고요해졌다. 마일스는 레퍼토리 영화관 입구 앞에서 담배를 피우고 있었다. 상영이 끝난 후였다. 호리호리한 체구, 먹색보다 까만 먹색 머리칼과 갈색보다 그윽한 갈색 눈동자. 그리고 아이라이너. 그는 영화관 앞에 있던 사람 중에 제일 키가 컸고, 우아하게 차려입은 채로 수줍음이 담긴 지적인 눈을 먼 곳에 두고 있었다. 영화관 앞에서 몇 발짝 떨어져 서 있던 나는 당시의 남자친구에게 말했다. 저렇게 아름다운 사람은 난생처음 봤어. 십오 년이 지난 지금도 이 말은 여전히 사실이다.

잠에서 깨어났을 때 눈물을 느꼈는데, 어젯밤에 혼자 잠자리에 들었을 때는 이런 기분이 아니었다. 혼자 있는 편이 좋다. 다른 사람들과 어울리면 힘들다. 홀로 있으면 자기 성격을 의식하지 않고 우주를 오롯이 느낄 수 있다. 나의 성격을 의식하는 바람에 눈물이 나왔을까. 성격이 없는 곳에는 눈물도 없다.

지금 너는 어머니가 비참해하던 때와 같은 나이고 어머니가 그랬듯이 자꾸만 울지. 생물학적으로 그런 시기인지도 몰라. 아니면 네가 살면서 내린 선택들 탓인지도.

어젯밤에는 네가 삶에서 실수를 저질렀더라도 자기 자신을 용서하겠다고 말했지. 실수한 자신을 용서하겠다고 했어. 미안해—용서해—사과할게—용서할게—용서해—용서해—용서해. 너는 네가 잘못을 저질렀는지 아닌지 긴가민가하면서도 스스로를 용서한다고 말했어.

어젯밤에 마일스가 나와 아이를 갖고 싶어 하는, 진심으로 간절히 원하는 꿈을 꾸었다. 그의 바람이 어찌나 진지하고 따뜻하던지, 아이를 가지면 좋을지도 모르겠다고 생각하며 이렇게 설레는 기분으로 그냥 밀고 나갈 충동마저 들었다. 마치 마일스의 바람에 끌려가는 기분이었다. 그러면서도 내심 내가 아이를 원하지 않는다는 사실을 알았다. 그래서 꿈속에서 마일스에게 싫다고 말했다. 아이를 낳으면 언젠가 내가 아이를 저버릴 것 같았다. 그런데도 마일스가 나와 아이를 갖고 싶어 한다는 사실에 우쭐해지고 매우 기뻤다. 여태 그런 사람이 없었으니까.

잠에서 깨어나 마일스에게 말했다. 아이를 가지면 좋을지도 몰라. 그러자 마일스가 말했다. 뇌엽절제술을 해도 좋을지도 모르지. 마일스는 스스로가 존경할 수 있는 사람이 되고자 지난 몇 년간 노력했는데, 아이를 가지면 그 모든 노력이 물거품이 된다고 했다. 삶에서 가장 어려운 일은 완전한 자아실현이라며. 수백 명을 도울 수 있는 두 사람이 아이라는 불완전한 존재에 모든 힘을 쏟아야 한다고? 우리는 지금 인간의 삶을 말하고 있어! 왜 사람들은—일이 잘 풀리기 시작하자마자—모든 걸 뒤엎으려고 하지?

⌒

테레사는 사람마다 사고력이나 감성 지능이나 감각이나 직관

중에 특별히 발달한 능력이 있는데, 정신적으로 건강한 사람은 이 모든 능력을 골고루 사용한다고 했다. 내가 아이를 과연 진심으로 원하는지 알아내려면 나의 감정을 더 주의 깊게 살펴야 한다. 철학자들은 죄다 외모가 볼품없다는 문장을 어디선가 읽은 적이 있다. 생각을 너무 많이 하는 탓에 코가 너무 크거나 이마가 너무 넓거나 귀가 너무 돌출되어 있다고. 순전히 헛소리라고 생각했었는데 이제는 무슨 말인지 알겠다. 철학자는 자신의 균형을 깨뜨린다. 삶을 무난히 살아가는 비법은 코와 이마와 귀의 균형을 맞추는 것이다. 그렇다면 내가 사고하는 기능 말고 다른 기능을 더 활용해야 할까?

그렇다

내 몸?

그렇다

감각?

그렇다

더 많은 것을 감각하려고 해야 할까?

아니다

내가 감각하는 것에 더 의식적으로 주의를 기울여야 할까?

그렇다

그게 무슨 뜻이지? 감각을 더 잘 분별하라고?

아니다

더 큰 사랑을 담아서 감각하라고?

그렇다

의식하는 것이 곧 사랑을 뜻하나?

아니다

의식이 사랑을 창조하나?

그렇다

언제나 어김없이?

그렇다

어젯밤에 시간의 영혼과 유사한 메시지를 포춘쿠키 속에서 두 개 발견했다.

하나에는 이렇게 적혀 있었다. 그만 찾아 헤매라. 행복이 당신을 찾아올 것이다. 다른 하나에는 이렇게 적혀 있었다. 당신의 미래는 조화로울 것이다. 시간의 영혼이라는 구절을 생각할 때와 비슷한 기분이 들었다. 삶에는 인간이 결코 알 수 없는 신비가 담겨 있으므로 내 인생을 이런저런 방향으로 끌고 나가려는 노력은 이제 그만해도 된다고. 한 인간의 존재를 결정하는 중대사를 내 의지로 밀고 나가거나 조정하려고 애쓰면 안 된다고 머릿속 한구석에서 생각하고 있는 듯하다.

따져보면, 아이를 낳는 일은 오직 내 삶에만 영향을 끼치지 않는다. 마일스의 삶과 아이의 삶, 아이가 만나거나 만나지 않을 모든 사람의 삶과 그 만남에서 파생될 인연, 그 인연들이 세상에 불러일으킬 모든 사건에 영향을 끼친다. 내가 대체 무엇이라고 그 모든 일에 시동을 거는가? 마일스나 나의 아버지나 나의 국가가 한 사람의 존재를 두고 왈가왈부할 수 없듯이, 나 역시 이러한 결정에 권리나 의무가 없을지도 모른다. 나는 이 세상의 일부이므로 내가 하는 모든 일은 다른 삶에 영향을 끼친다. 내가 미래에 품은 환상들은 저마다 다른 방식으로 타인들과 연결되어 있으니, 좀 더 느슨히 가능성을 열어두어야 하지 않을까. 나의 운명이 다른 사람들의 운명과 떼려야 뗄 수 없이 얽혀 있는데, 왜 내가 한길을 고집하며 그것만이 진실이 되도록 애쓰겠는가?

내가 해야 할 일은 뻔하다. 다른 삶에 환상을 품는 대신에 진정한 내 모습으로 사는 것이 과연 무슨 의미인지 생각해보고 현재 삶에 충실하기. 환상의 날개를 실제 삶에서 펼치는 것이다. 처음으로 이 깨달음을 얻었을 때 어찌나 흥분했는지, 마치 자기 자신과 섹스를 하는 듯한 성적 흥분에 가까웠다. 찰나에 지나지 않았으나 그 흥분감과 반짝임은 비로소 내가 나의 삶을 오롯이 끌어안았음을 뜻했다. 이것이야말로 진실한 삶이니 매 순간 이렇게 살려고 노력해야 하지 않을까? 계속해서 유지하기에는 너무 강력한 힘이었을지도. 실재성과 영성을 합친 힘. 나의 상상이 영성이라면 나의 실제 삶이 실재성이다.

그 둘의 경계를 허물고 하나로 합치자.

⌒

이 생각이 시간의 영혼과 관련이 있을까?

아니다

내가 언젠가는 시간의 영혼이라는 구절의 참뜻을 깨달을까?

그렇다

그것을 이 책에서 표현할 수 있을까?

그렇다

이 생각은 여기서 일단락하고, 시간의 영혼을 표현한다는 목적을 염두에 두고 새롭게 시작해야 할까?

그렇다

~

십 대에 나는 동네 아이들이 죄다 들락거리던 허름한 집에서 남자친구와 살았다. 당시 내 남자친구와 친한 사이였던 마일스가 자주 놀러 왔다. 나는 마일스의 당당하면서도 조용한 성격과 지성을 존경하며 탄복하고는 했다. 파티에서 마일스는 홀로 벽에 기대서 있었다. 마일스는 몸짓, 옷차림, 말투, 담배를 피우는 자세 등 모든 면에 배어 있는 낭만적인 분위기로 우리를 매혹했다.

그때부터 십수 년간 나와 마일스는 한 도시에 있을 때마다 어울렸다. 스물다섯 살쯤에 나는 마일스가 살던 몬트리올을 방문했다. 영화를 같이 보고 도시를 오랫동안 배회했다. 산책이 끝난 뒤에 그가 사는 아파트에 들렀다. 마일스는 상점의 창문에 기대선 채로, 얼마 전에 알게 된 사실이라면서 자기가 곧 아버지가 된다고 했다.

나는 충격을 받았다. 그때 친구 중에서 아이를 가진 사람은 없었다. 하지만 금세 납득했다. 마일스는 어느 때고 자기 자신을 철저히 통제하고 있는 듯했지만, 그의 내면에는 통제할 수 없는 무언가가, 어떤 무력함이 있었고, 그것은 삶이 그의 손에서 스르륵 빠져나가게 했다. 나는 생각했다. 물론 마일스가 저지를 만한 일이지. 실수로 여자를 임신시키는 것. 어쨌든 몇 명이랑 잤을까? 그리고 대체 어떤 여자가 그의 아이를 마다하겠어?

그때 내가 어떻게 알 수 있었으랴. 그가 이야기했던 아기가 수년 뒤에 내게 딸과 다름없는 존재가 되리라는 것을?

오늘 오후에 인공 수정 클리닉에 가서 세 차례에 걸쳐 진행한 난소 예비력 검사를 마무리 짓고 왔다. 지난 몇 주간 별별 검사를 다 받았다. 사무용 건물 십삼 층에 있는 클리닉에 가니 오렌지색 대기실에 몇몇 커플과 혼자 온 여자들이 앉아 있었다. 한 여자가 데려온 금발 아기가 바닥에서 놀고 있었고, 다른 여자들은 그녀가 아이를 돌볼 수 있게 자리를 비켜주었다. 여자는 길게 연결된 의자 하나에 혼자 앉고 나머지 사람들은 반대쪽에 모여 있었는데, 그 여자를 배려하려는 의도인지 배척하려는 의도인지는 확실치 않았다. 마침내 내 이름이 불렸다. 서류가 산더미처럼 쌓인 기다란 유리 테이블 뒤에 앉은 여자가 나를 불렀다. 하얀 코트를 입고 있어서 그가 의사인지 간호사인지 접수원인지 헷갈렸다. 이 여자 말을 얼마나 믿을 수 있지? 여자는 내 서류를 들척이며 말했다. 축하해요! 좋은 소식이네요. 여자는 상냥히 웃으며 내 난소가 신선한 무화과처럼 젊다고 했다. 나는 왈칵 울음을 터뜨렸다. 어떻게 내 몸이 나를 이렇게 배신할 수 있지? 나를 아예 모르나? 내가 무엇을 진심으로 원하는지?

클리닉에서 나오니 어느덧 땅거미가 지고 있었다. 멍든 하늘은 신선한 무화과의 보랏빛이었다. 빗방울이 하나둘씩 떨어졌다.

집에 가는 길에 공사장의 비계 아래를 지나며 생각했다. 아니, 넌 난자를 얼리지 않을 거야. 너무 늦기 전에 네가 원하는 걸 깨닫고 행동할 거야. 난자 동결 시술은 감당할 수 없을 정도로 비싼 데다 호르몬 주사가 부작용을 일으키거나 마일스와의 관계에 문제가 생길까 봐 걱정되었다. 내가 감정이 매우 예민해져서 마일스를 못 참아주거나 혹은 마일스가 못 참아주는 행동을 하면 어떡하지. 무슨 일이건 결정하는 데 늘 애먹었지만 아이를 갖는 문제에 심지어 지금보다 더 휘둘리기 싫었다. 난자를 냉동하면 결정해야 하는 순간을 얼려놓는 것이나 다름없다. 나의 약점을 이처럼 눈에 보이고 손에 만져지는 형태로 스스로에게 드러낼 수 없었다.

⁓

나는 아이를 낳겠다고 차마 결심하지 못하는 내 속의 여자에게 배신감을 느끼는지도 모른다. 아니면 내게 헌신하지 않은 어머니에게 배신감을 느끼는 것일까? 아이가 성인이 되어 무언가를 되풀이하고 싶은 마음이 들려면 일단 자기가 경험해보아야 하는데, 어머니는 나에게 그런 따뜻한 추억을 만들어주지 않았다고? 그것도 아니면 이것은 은밀한 나의 진심인지도 모른다. 평생 나는 가족에게서 벗어나고 싶었는데, 새로운 가족도 바라지 않았다. 태어나면서 자연스레 속하게 된 가족을 떠난 뒤에 나만의 가정을 꾸린다는 생각은 뇌리에 스친 적도 없다. 사람이란 나이가 듦에 따라 가족에게서 매년 멀어지며 점차 더욱 독립성을 키워 자유와 고독을 누릴 수 있는 존재로 성장한다고 믿었다.

또한 나는 어머니가 되는 것을 상상하며 아이로 인해 얻는 즐거움과 기쁨을 떠올린 적이 없다. 몹시 괴로우리라는 생각만 들었다. 아이를 키우며 겪을 온갖 가슴앓이와 근심 걱정과 애착이 어찌나 두렵던지.

지난여름에 마일스의 딸과 해변을 걸었던 날이 기억난다. 나와 마일스는 아기를 갖지 않을 것 같다고 아이에게 말하기로 마음먹은 참이었는데, 여행 초기에 아이가 이에 관해 물었을 때 말문이 막혀 대답하지 못했기 때문이었다. 수건을 몸에 두른 채로 모래벌판을 함께 걸으며, 나는 네 나이였을 때도 어머니가 되기를 한 번도 꿈꾸지 않았다고 말했다. 그 어린 나이에도 나는 커서 아이 따위는 갖고 싶지 않다고 생각했었다. 남자친구를 사귀고 싶었고 그림을 그리고 싶었고 친구들과 흥미로운 대화를 나누고 싶었다. 그러다 부지불식간에 가장 솔직한 진심이 입에서 흘러나왔다. 난 자유롭게 살고 싶었어. 마일스의 딸은 이 말을 잠시 생각해보고는 말했다. 그런 삶도 꽤 멋진 거 같아요.

⌒

어젯밤 꿈에서 나와 마일스 사이에 아들이 있었다. 아주 귀엽고 순한, 평범한 서너 살배기였다. 나는 어린이들이 고양이를 안는 자세로 아이의 다리가 대롱거리게 아이를 가슴에 안고 있었다. 그러다 아이를 내려놓고 가만히 바라보았다. 아이는 마일스를 조금 닮았는데, 눈은 빼다 박은 듯이 똑같았다. 당연한 이치인데, 마음이 한없이 평온해졌다.

⌒

마일스와 아이를 가져야 할까?
아니다
내가 아이를 갖기는 해야 할까?
그렇다
그럼 마일스와 헤어져야 하겠네?
아니다
마일스와 사귀면서 바람을 피운 다음에 생부가 누구인지 숨긴 채로 마일스의 아이로 키울까?
그렇다
그건 안 될 말이지. 마일스와 아이를 갖지 말라는 이유가, 아이를 가지면 우리 두 사람에게, 또 우리 관계에 너무 심한 스트레스를 줄 거 같아서야?

그렇다

그럼 마일스의 아이를 낳고 다른 남자와 키울까?

그렇다

올해에 임신해야 할까?

아니다

내년?

그렇다

아이가 몇 살일 때 마일스와 헤어져야 해? 한 살?

아니다

두 살?

그렇다

아이가 몇 살일 때 내가 다른 남자를 찾을 수 있을까? 세 살?

아니다

네 살?

아니다

다섯 살?

아니다

여섯 살?

그렇다

마일스와 헤어지고 새로운 남자를 찾기까지 사 년이 몹시 힘
들까?

아니다

어떤 면에서는 즐거울까?

아니다

지금까지와 다를 바 없는 평범한 나날일까?

그렇다

내가 세상 그 무엇보다 아이를 사랑하게 될까?

그렇다

여자아이일까?

아니다

아이가 귀여울까?

아니다

평범할까?

아니다

눈이 휘둥그레지게 아름다울까?

그렇다

방금 나온 답 중에서 사실이 하나라도 있나?

아니다

이런 질문을 해서 얻는 게 있을까?

아니다

얻는 게 있다고 네가 답했어도 무의미했을 거야. 너는 내게 무의미하니까. 너는 미래를 내다보지 못하고 내 삶에 관해서 아무것도 몰라. 내가 어느 도시에 살아야 하는지, 내가 무슨 일을 해야 하는지, 내가 마일스와 아이를 가져야 할지 말아야 할지 모르지. 네 답은 완벽히 무작위로 나오는 의미 없는 결과일 뿐, 내가 가야 하는 길을 보여주지 않아. 나의 길을 찾으려면 내면에 귀 기울이고 주변 세상을 주의 깊게 관찰하고 더욱더 깊고 명료하게 사고해야 해. 또한 네게 설명을 구할 만큼 자기 자신을 불신하면 안 되겠지. 그런데도 너는 내게 많은 깨달음을 주었어.

그렇다

하지만 그것은 네가 건넨 수많은 무의미한 답에서 내가 깨달음을 찾은 데 지나지 않아. 삶에는 결정을 내려야 하는 순간들이 있기 마련인데, 그런 순간에 영성이 가장 큰 힘을 발휘하기 때문이지. 내게는 결정을 내리는 데 필요한 지식과 믿음이 부족해. 어쨌든, 이 모든 것에도 불구하고, 눈이 휘둥그레지게 아름다운 아이를 마일스와 키우면 정말 멋지겠다.

몇 가지 볼일을 보고 귀가하는 길에 니컬라와 우연히 만났다. 초등학교를 졸업하고 처음 만났는데도 한눈에 서로 알아보고 보도에 선 채로 근황 이야기를 주고받았다. 니컬라는 아이 넷을 낳고 직장에 복귀하려는 참이라고 했다. 그리고 내가 최근에 출간한 책의 성공을 축하해주었다. 나는 사과하듯이 말했다. 글쎄, 나는 글쓰기밖에 하는 일이 없으니까. 나는 요리나 빨래를 안 하고, 운동이나 외출도 좀처럼 하지 않는다. 침대에 앉아서 주야장천 글만 쓴다. 남들과 비교하면 나 자신이 창백한 약골 아이처럼 생각된다고 말했다. 모험을 나서거나 가만히 앉아서 하루를 찬찬히 음미하고 싶을 때도 있지만, 그럼 글을 쓸 시간을 많이 뺏길 것이다. 젊었을 때는 글만 쓰면서 살아도 충분하겠다고 생각했는데, 지금에 와서 돌이켜보니 내가 마치 마약 중독자처럼 인생의 많은 경험을 놓쳤다는 생각이 든다. 아이가 없는 덕분에 나는 컴퓨터 앞에 앉아 키보드를 두드려대며 사유의 늪에 가라앉을 수 있다. 친구들은 죄다 입대한 마당에 나 혼자 군대를 안 간

것처럼 느낄 때도 있다. 친구들이 나라를 지키는 동안 나는 집에 비겁하게 숨어서 빈둥거리고 있다고.

아이를 가질까 고민하고 있다고 털어놓자 니컬라는 말했다. 아이가 있는 사람들과 시간을 보내면서 그들이 사는 모습을 지켜보면 어떠니. 나는 생각했다. 일 초도 그렇게 보내고 싶지 않은걸.

～

어젯밤 꿈에서 내 몸을 내려다보니 가슴이 노인네처럼 축 처져 있었다. 그러다 나는 그것이 가슴이 아니라 흐늘거리는 남근 두 개임을 깨달았다. 테레사에게 이메일을 보내 꿈 이야기를 하자 이런 회신이 왔다. 가슴은 생명의 근원이고, 남근은 창조적이거나 생산적인 힘을 상징해. 문화나 예술 작품을 창조하는 힘을 상징할지도 몰라.

컴퓨터에서 눈을 떼고 마일스와 처음으로 함께 보낸 주말을 떠올렸다. 우리는 마일스가 다니던 로스쿨이 있는 조그만 마을에서 그가 임대한 방에 같이 있었다. 벽난로 앞 바닥에 함께 앉아 있었는데, 나도 마일스도 우리가 이미 연인이라는 사실을 미처 깨닫지 못하고 있었다. 내가 실망스러웠던 예전 애인들을 이야기하자 마일스가 말했다. 너를 굳건히 잡아줄 사람이 언제라도 필요하면… 그때 나는 내게 기댈 곳을 약속하는 그의 몸을 보

173

왔다.

↬

다음날 니컬라네 집에 가니 아기가 있었다. 거실 한구석의 크리스마스트리는 틴셀과 솔방울 등 온갖 장식으로 화려하게 꾸며져 있었다. 니컬라는 카펫에 드러누운 내 배에 아기를 앉히더니 잠시 봐달라고 했다. 그러고는 부엌에 가서 설거지를 마저 했다. 나는 최선을 다해 아기와 놀아주려고 했지만 긴장이 되었다. 그곳에 있고 싶지 않았다. 내가 하고 싶은 일들은 따로 있었다. 나는 열 달 된 아기 앞에서 아기의 인형을 가지고 놀았다. 그러다 안아주어야 할지도 모른다는 생각이 들어서, 세상을 볼 수 있도록 뒤에서 아기를 안았다.

설거지를 끝낸 니컬라는 아기를 받아서 아기가 자기를 보게 안았다. 아기는 다시 한번 온기에 파묻혀서 기쁜 듯했다. 니컬라가 돌아왔을 때 나는 한숨 놓았다. 곧 우리끼리 나가서 이야기할 수 있다는 뜻이었으니까. 내가 그 자리에서 얼마나 도망가고 싶은지 느낀 순간 아기에게 미안하고 죄책감이 들었다.

내가 무엇을 한답시고 그렇게 얼른 떠나고 싶었을까? 어머니가 아닌 여자는 어머니의 일보다 더 중요한 무엇을 할까? 그렇게 말할 수나 있을까? 어머니가 되는 것보다 여자에게 더 중요한 일이 있다고? 어머니가 되기를 거부하는 여자는 여성 고유의 가장 중요한 역할을 거부하는 것이므로, 어떤 면에서는 세상에서 가장 하찮은 여자가 된다. 그런데 사실은 어머니들도 중요하지 않다. 아무도 중요하지 않다.

◡

그 뒤로 몇 주 동안 니컬라와 만날 때마다 기분이 썩 좋지 않았는데, 우월감과 수치스러움이 뒤섞인 감정이었다. 내가 아이 없는 여자라는 사실에 니컬라가 신경을 쓴다고 왜 나는 지레짐작하지? 누군가 어떤 삶의 방식을 선택했다고 해서 나머지 방식을 비난한다는 뜻은 아니다. 사람들이 바로 이 점을 오해해서 아이 없는 여자들을 경계하나? 자식을 낳지 않기로 한 여자들이 세상 그 누구도 자식을 가지면 안 된다고 생각하거나, 당신, 즉 유아차를 밀고 가는 여자가 잘못된 선택을 했다고 나무라는 것은 아니다. 그가 자기 삶에서 내린 선택은 타인의 선택에 대한 의견을 반영하지 않는다. 한 사람의 삶은 우리 모두가 어떻게 살아야 하는지 표명하는 일반적이거나 정치적인 선언이 아니다. 모든 종류의 삶이 서로 판단하거나 위협하지 않고 양립해야 한다.

◡

난 참 어리석어! 어쩌면 그리 오랫동안 자기 자신을 모르고 살

왔을까? 내가 니컬라처럼 살 수 있다고 생각했다니. 결혼, 집, 아이들. 세상의 풍요를 내가 전부 누릴 수 있다고 착각하다니. 내게 주어진 선물은 이것뿐인데—지금 글을 쓰고 있다는 것. 지금껏 이룬 일들만 생각해도 감히 꿈꿀 수 없는 큰 상을 받았다고 할 수 있다. 대체 언제부터, 내가 글을 써서 부르주아가 될 수 있다고 믿기 시작했을까? 글쓰기가 나를 그 계층으로 데려가서 그곳에 자리를 잡게 해주리라고? 언제부터 이렇게 탐욕스러워졌지? 대체 언제부터 세상의 모든 풍요가 내 몫이라고 생각했을까? 내가 니컬라처럼 면면으로 사회의 인정을 받는 서른여덟 살 여자가 될 수 있다고 생각하다니. 니컬라와 나는 던다스 스트리트로 쇼핑을 가서 아기자기한 물품들을 샀다. 니컬라는 더 사라고 나를 부추겼다. 유리 플라스크, 하얀 양초. 한 달쯤은 니컬라와 어울릴 때마다 내가 정상적인 여자가 된 듯한 기분을 만끽했다. 내가 니컬라와 비슷한 여자라는, 그녀와 같은 길을 밟으며 가정을 꾸리는 환상을 품었다. 그러다 어느 날 니컬라의 집에서 정신없이 뛰어다니는 세 아들을 보다가 내가 잘못된 환상을 품었음을 깨달았다. 그 환상은 질병처럼 내 속을 좀먹었다. 타인의 삶을 나의 것으로 착각했다. 착각을 토대로 삶을 건축할 수는 없는 법이다. 길을 잘 따라만 가면 모든 것을 누릴 수 있다는 착각은 금세 허물어지기 마련이다. 그런 안락함 중의 몇 가지는 얼마 동안 누릴 수 있을지 몰라도—나와 결혼하거나 함께 아이를 키울 사람을 찾더라도—잘못된 선택이라는 사실은 변하지 않는다. 자신의 진정한 모습을 착각한 채로 일군 삶이니까. 너는 니컬라처럼 결혼해서 아이를 낳고 가정이라는 배의 선장이 될 수 있는 여자가 아니야. 아름다운 유람선 같은 니컬라의 삶을 봐. 저 웅장하고 예스러운 배가 너를 지나치고 있어. 그 삶이 갑판에서 손을 흔들어 네게 인사하잖니. 저 삶의 약속들과 기쁨은 애초에 네 몫이 아니었어. 아이를 낳고 가정을 꾸린 삶을 두고 온갖 상상의 나래를 펼치며 꽤나 즐거워했지. 해볼까? 해볼까? 선택해볼까? 해볼까? 하지만 네가 던졌어야 하는 질문은 이것이었어. 내가 할 수 있을까? 아니, 넌 할 수 없어. 그저 환상일 뿐인데, 세상에서 가장 흔한 상상이지. 어머니들은 아이가 알아서 혼자 큰 양 너무도 쉬웠다고 말하지. 하지만 너는 무엇에 감사해야 하는지 알아. 가느다란 자유의 실타래를 따라가는 일, 즉 글을 쓰는 일. 평생 네가 진심으로 원한 것은 글을 쓰는 삶뿐이었으니 헛되이 놓치지 마. 네 몫보다 많이 가지려고 욕심을 부리다가 지금 삶을 잃어버리지 마. 세상은 네게 아무런 빚도 지지 않았어. 그러니까 지금 가진 것, 이 광활한 자유를 도박으로 잃어버리지 마. 결혼해서 아이를 낳고 가정을 꾸리는 삶이 지금 네 삶보다 결코 낫지 않아. 글쎄, 어쩌면 더 나을지도 모르지—훨씬 나을지도 몰라. 심지어 그렇다고 해도 네 자리는 거기가 아니라 여기야. 네 몫보다 많이 탐내지 마. '여자'가 원한다고들 하는 것을 원하지 마. 너는 다이아몬드 반지를 끼는 종류의, 니컬라처럼 남자에게서 원하는 것을 받는 그런 여자가 아니야. 한 달쯤은 네가 그렇게 살 수 있다고 생각했지. 그래서 그토록 초조했어. 저것이 나일 수 있을까? 자문했잖아. 그럴 수 있을까? 내가? 아니, 아이를 낳으면 너는 결국 아이를 떠날 거야. 결혼을 하면 결국 남편을 떠날 거야. 벌써 한 번 떠났잖아. 너는 가족의 곁도 떠났어. 가정적인 삶은 너에게 맞지 않아. 니컬라가 말했지. 너랑 마일스는 아이를 가져야 해! 하지만 니컬라는 너의 아직 젊은 몸과 다정함과 미소에 속았어. 세상은 우리가 생각하는 것보다 더 둔감하거든. 세상은 사실 꽤 멍청하고, 네가 어떤 사람인지 전혀 몰라. 마일스를 고맙게 여겨. 네 아파트를 고맙게 여기고, 글을 쓸 수 있다는 사실을 고맙게 여겨. 글을 쓰는 일이야말로 너의 유일한 소망이었으며 앞으로도 그래야 하니까. 한 가지를 얻었다고 다른 모든 것이 따라오지는 않아. 하나는 모든 것의 시작이 아니야.

⌒

그날 밤에 나는 수많은 청중 앞에서 작은 단상으로 걸어가는 꿈을 꾸었다. 가짜 졸업 가운을 입고, 졸업장과 꽃다발을 받으러 가고 있었다. 눈물이 그렁그렁한 채로 단상을 가로지르는데 가슴이 벅차올랐다. 나는 청중을 제대로, 정말로 제대로 보려고 했다. 그들 얼굴을 하나하나 들여다보았다. 대부분 낯선 얼굴이었는데, 이내 나는 다들 내게 무관심하다는 사실을 깨달았다. 한낱 중산층에 입성한 의식을 치른다고 울컥하다니, 나 자신이 무척이나 한심하게 느껴졌다.

월경

호숫가 마을의 교회에서 내 책을 읽고 소개했다. 마을의 아름다운 동네를 걷다가 조그만 집을 지나쳤는데, 앞마당에 별똥별과 달과 손바닥을 손수 새겨 넣은 나무 표지가 꽂혀 있었다. 문을 두드리자 중년 부인이 나왔다. 짧은 금발에 분홍색 스웨터를 입었다. 여자는 집의 정면에 난 창문 앞에 준비해놓은 카드 테이블로 나를 안내했다. 나는 건너편 나무 의자에 앉았고, 여자는 테이블에 새파란 벨벳 천을 깔았다.

이 천을 펼쳐놓고 점을 본 적은 없어요. 하지만 미끈거리는 표면에서 점을 보는 걸 안 좋아해서요. 이걸 까니까 좀 낫네요.

여자는 카드를 펼쳤다. 좋아요, 지금 삶에서 어떤 일이 벌어지고 있어요? 좋은 일은 무엇이 있고, 나쁜 일은 또 무엇이 있죠? 어떤 부분이 잘 되어가고 있고 또 어떤 부분이 힘들어요? 그걸 알고 나면 점을 보는 데 유용하게 쓸 수 있어요.

내가 대답하기 전에 여자는 일어나서 소파로 걸어가더니 파란 테 안경을 가져왔다. 테이블로 돌아오는 길에 안경을 끼며 말했다. 실례해요. 이 새 카드는 매우 강렬하네요. 안경을 써야 볼 수 있어요.

여자가 다시 앉자 나는 조금 전의 질문들에 대답했다. 좀 슬프고 스트레스를 받는 것 같아요. 혼란스럽고 우울하기도 하고요. 마치 아무것도 시작할 수 없을 듯해요. 삶에서 다음 단계로 도저히 못 넘어가겠어요. 지금 단계에 갇혀 있는 기분이에요. 정신도 조금 갇힌 기분이고요. 남자친구와의 관계가 감정적으로 힘들어요. 어디까지가 그의 문제이고 또 어디까지가 내 문제인지 모르겠어요.

여자가 말했다. 아, 그거 좋네요. 그걸 알아내면 큰 도움이 될 거예요.

⌒

보호막! 미안해요! 당신에게서는 보호막이 느껴지지 않아요. 점을 볼 때 제법 자주 일어나는 일인데, 내가 아무것도 느낄 수 없는 상태예요. 그래서 물어보죠. 당신의 보호막은 벽돌로 이루어져 있을까요? 커튼? 아크릴 글라스? 눈을 감고 보호막을 내리는 걸 상상해줄래요? 그래야만 내가 점을 볼 수 있어요. 보호막이 쳐져 있으면 아무것도 보이지 않거든요. 그런데 당신은 보호막이 없네요. 그 말은 당신에게도 영적인 힘이 있거나, 아니면 당신은 자아에 경계가 아예 없다는 뜻이에요.

자, 첫 카드는 세 개의 마술봉이에요. 무언가의 끝에 다다른 당신은 이제 더는 갈 곳이 없다고 생각하죠. 하지만 이 한계는 당신이 스스로 만들었어요. 이 카드는 당신이 실제 세계의, 물질적인 세계의 끝에 다다랐다고 뜻하기도 해요. 보이죠? 여자가 콘크리트에 서 있죠? 여기를 보면, 끝이 뾰족하죠? 재봉틀 바늘처럼 생겼죠? 그 부분이 강줄기의 한 지점과 이어져 있어요. 사실 당신은 계속해서 나아갈 방법을 아는데, 무언가 당신을 막고 있어요. 당신을 막고 있는 건… 슬픔이에요. 왜 슬퍼하는지는 모르겠어요. 하지만 남자친구는 무관해요. 그와 만나기 전부터 있었는데, 조용한 슬픔이에요. 매일 느껴지지는 않지만 늘 당신 속에 있어요. 어쩌면 당신의 슬픔이 아닌데, 당신을 통해 흘러 나가는지도 몰라요. 어머니가 많이 슬퍼했나요?

네.

마치 에너지 덩어리가 주입되듯 당신이 어머니의 슬픔을 품고 태어났을지도 몰라요. 당신에게서 강한 에너지가 느껴지는데, 그게 무엇인지는 정확히 모르겠어요. 당신이 어머니의 포궁에서 자라고 있을 때 어머니가 슬프거나 비통하거나 부정적인 감정 덩어리를 지니고 있었어요. 그게 당신의 몸으로 흘러 들어가서, 당신은 어머니의 슬픔과 비통함을 품은 채 태어나고도 여태 그것을 모르고 살았어요! 하지만 그것이 당신을 괴롭히고 있어요.

이것을 발산하는 방법이 있어요. 내 것이 아니라면 이 고통 덩어리를 제자리로 돌려보내주세요. 소리 내어 말해요. '나는 이것을 돌려보냅니다. 이것을 최대한의 치유와 사랑으로 감싸서 돌려보내주소서. 난 이것을 원하지 않아요. 이것을 반기지 않아요. 이것은 내게 도움이 되지 않아요.' 자, 우리가 알아냈어요. 이것이 당신의 길을 가로막고 있어요.

　다음 카드는 열 자루의 칼이에요―가장 고통스러운 카드예요. 무언가… 당신의 큰 부분이… 무너지고 있어요. 하지만 봐요! 묘하게도 핏줄기가 아래로 흐르지 않고 위로 솟고 있죠. 당신의 질에서 쏟아지거나 다리를 타고 흐르지 않아요. 위로 치솟고 있어요! 왜 핏줄기가 위로 솟을까요? 왜 피가 당신의 뇌를 부드럽게 하고 있을까요? 이건 까다롭네요. 카드를 만져봐야겠어요.

여자는 눈을 감고 카드를 만졌다. 나는 이런 생각을 했다. 아래로 흐르는 피는 월경혈일지도 몰라. 포궁의 내막을 무너뜨리지. 위로 솟구치는 건 생각의 피야. 뇌막을 부드럽게 해. 월경을 시작하기 일 년 전인 열세 살에 나는 걸핏하면 한밤중에 잠에서 깨어나고는 했는데, 목구멍 뒤로 피가 막 흐르기 시작하면서 간지러웠기 때문이다. 화장실로 달려가 고개를 뒤로 젖히고 휴지를 코에 넣으면 휴지가 빨갛게 젖어들었고, 나는 코에 휴지를 갈아 끼우며 긴긴밤을 보냈다. 끝나지 않을 듯했던 그 시간에 멍하니 아무 생각도 하지 않았다.

⌒

아, 입속에 무언가 느껴져요. 당신의 목소리와 관계있을까요? 어렸을 때 어머니에게 필요한 것을 편히 부탁할 수 있었나요?

못 했던 것 같아요.

어렸을 때 주로 무엇을 먹었죠?

닭고기 수프랑 체더치즈요.

미안해요. 이해가 되지 않아요. 이번에는 수정 구슬을 들여다봐야겠어요. 자, 기다려요. 수정 구슬을 켜고 있어요. 새것이라서 시간이 좀 걸려요. 잠시 기다려야 할지도 몰라요. 아, 이제 보이네요. 무언가가 대롱대는데, 이것 때문에 속이 울렁거려요. 당신이 컴퓨터 앞에 앉아 있네요… 이것이 무슨 관계가 있을까요?

나는 맨날 컴퓨터 앞에 앉아 있어요.

포르노를 봐요?

아뇨, 글을 써요.

남자친구가 같이 방에 있을 때 등을 돌리고 컴퓨터 앞에 앉아 있는 장면에 어떤 의미가 있나요?

글쎄요, 며칠 전에 말다툼했는데, 나는 컴퓨터 앞에 앉아 있었고 그는 내 뒤에 있었어요.

그렇군요. 이상하고 실없는 소리로 들릴 텐데, 지금 어떤 생각이 떠올랐어요. 내 머릿속에 떠오르는 생각들은 말하는 편이 좋더라고요. 지금 내가 만나고 있는 남자는 이상하게도 자꾸 변기에 앉아서 소변을 봐요. 나는 그 행동이 남자답지 못하다고 생각해요. 그는 말하죠. 변기에 앉아서 볼일을 보면 누가 같이 있든지 간에 대화를 나눌 수 있잖아! 하지만 난 그것이 너무 이상해요. 내가 이 이야기를 왜 끌어들였는지 모르겠지만, 등을 보이는 사람에게는 무언가가 있어요. 남자친구는 당신과 연결되고 싶어 해요. 자신의 연결 도구를 내밀고 있어요. 하지만 당신의 연결 도구는 자기 자신과 연결되어 있을 때만 나타나요. 그러니까 남자친구와의 관계를 개선하려면 당신이 자기 자신과 아주 깊이 연결되어야 해요.

그렇군요…

그리고… 지금 임신한 배가 다시 보이는 듯해요. 왜 자꾸 보일

189

까요? 당신은 아이를 원하는지도 모르겠다고 했죠. 당신 삶은 아이를 가져도 괜찮고 안 가져도 괜찮아요. 하지만 지금 우리는 당신이 거대한 장벽을 넘도록 길을 찾고 있어요. 과연 그 변화가 무엇을 뜻하는지는 당신 스스로 알아내야 해요. 당신은 그 변화가 임신을 뜻하기를 바라는지도 모르죠. 당신은 임신하며 느끼는 행복을 이야기했는데, 내가 살면서 본 바로는 아기가 태어난 순간부터는 생각처럼 즐겁지만은 않더군요.

　자, 이 카드는 죽음을 뜻해요. 당신의 첫 메이저 아르카나예요. 불타오르는 불사조예요. 피를 태우고 있어요. 우리의 창조성은 영혼과 깊이 이어져 있어요. 가장 깊은 곳의 핵심인 에너지죠. 나는 그림을 그리고 또 그렸어요. 주문 제작으로 초상화를 그렸었는데 어느 날 바닥에 쓰러져서 더는 그릴 수 없었어요. 가슴속에서 뜨겁게 타오르는 열정이었는데, 이 열정을 공과금 내는 일과 엮고 말았죠. 그리고 웬 개자식이 와서 이러더군요. 우리 아들 코는 저렇게 생기지 않았어요! 당신이 선택한 예술 형태가 당신의 피를 말리고 있을 가능성이 있어요?

그럴지도요?

흠, 당신은 큰 불길에 휩싸여요. 피하려고 하지 마요. 의지를 끌어모아 까마득한 공간으로 깊이 떨어져야 해요.

그러다 내 삶이 망가지지 않을까요?

아뇨! 아뇨! 걱정하지 마요. 그럴 일은 없을 테니까. 당신의 삶을 망가뜨리지 않아요. 자, 이건 달 카드예요. 이건 과연 슬픔이 어머니의 고통스러운 시간에서 비롯했음을 뜻해요. 달 카드는 안에 숨겨진 것을 보여주지요. 당신을 괴롭히고 관계에 제동을 걸고 창작의 영감을 막고 마음을 어지럽히는 것들요. 이 카드가 이렇게 묻고 있어요. 당신 삶의 한구석을 들여다볼래요? 이렇게 말할 수 있어요? 내가 알지 못하는 달의 구석으로 걸어갈 거야. 그곳으로 가서 둘러보고 진실을 있는 그대로 받아들여요. 나의 그 한구석이 진정 무엇을 뜻할까? 고작 한구석일 뿐이에요! 아무도 보지 못하는 구석일 뿐이라고요.

　당신의 마지막 카드는… 일곱 번째 펜타클! 마지막 카드로 아주 좋은 카드가 나왔군요! 이런 뜻이에요. 나는 굉장하고 새로운 무언가로 다시 시작하고 있어! 당신이 만들어낼 것을 봐요! 아름답게 빛나는 과일—무슨 과일인지는 몰라도 참으로 아름다워요. 게다가 빛에 감싸여 있어요. 저 분홍빛은 찬란하군요, 너무도 찬란해요! 피를 흘림으로써 아름다운 것을 창조할 수 있다고 말하는 듯해요.

길을 되밟아 호텔 방으로 돌아온 뒤에 곧바로 화장실에 갔는데, 아니나 다를까, 내 깨끗한 흰 속옷이 피로 얼룩져 있었다.

사람은 결국 어떤 상황에도 익숙해지기 마련이지만 매달 한 번씩 질에서 피가 나오는 현상은 무슨 상황이라고 부르기도 애매하다. 이런 생각이 든다. 내 몸은 그렇게 멍청한가? 언젠가는 깨달을까? 눈치를 채려나? 아니, 내 몸이 답한다. 너야말로 언제 알아들을래? 내가 월경에 더 주의를 기울이면 몸의 뜻을 알아들을지도. 하지만 난 주의를 기울이지 않는다. 피가 나오면 대처하고, 월경은 며칠 뒤에 끝난다. 이것과 완전히 작별하고 나면, 그리워할 날이 올까? 왜 내 몸에서 매달 이 현상이 벌어질까? 지금껏 나는 임신할 기회를 몇 번이나 놓쳤을까? 나는 왜 이렇게 멍청하지? 나는 이것이 원하는 바에 전혀 주의를 기울이지 않는다. 나의 조그마한 포궁, 물컹한 난소, 포궁관과 뇌. 매달 부지런히 자기 임무를 완수하는 이 조그만 동물은 얼마나 무시당하고 버림받은 기분일까. 이것은 내가 자기에게 아무것도 바라지 않는다는 사실을 모른다. 묵묵히 계속해서 일한다. 이것과 말이 통해서 이제 그만하라고 할 수만 있다면. 이것이 내가 아니면 다른 누구를 위해 일하겠는가? 나는 이것에게 무엇을 해주지? 이것의 피를 닦는다. 또 닦는다. 한 번도 고마워한 적 없다. 잔뜩 기대감에 부푼 난자에게 한 치의 관심도 주지 않는다. 이것은 배란기에 희망을 품고, 내가 임신하지 않으면 슬퍼하고, 그리고 내 몸에서 스르르 빠져나간다. 전화가 울리는 일이 없고 남자아이에게 데이트 신청을 못 받으며 파티에도 초대받지 못한 여자아이처럼 당혹스러워하며. 그러다 어느 날 학교에 소식이 전해진다. 그 애, 죽었대. 뭐? 우리가 무시한 그 아이? 그래.

이제껏 만난 여자 중에서 나만큼 월경혈이 적은 여자는 없다고 마일스가 말한 적이 있다. 다른 여자들과는 그 시기에 관계를 가지면 배와 허벅지가 피투성이가 되었다고 하는데, 나와 하면 얼룩도 거의 남지 않는다.

내 포궁이 매우 작다는 뜻인지 궁금해. 마일스의 말을 듣고 내가 대꾸했다.

마일스는 그저 어깨만 으쓱했다. 그에게는 중요치 않은 일이다. 그러나 한 시간 뒤에 나는 월경혈이 이토록 적은 것으로 보아 나는 진정 우아한 여자이거나 여성성이 부족한 여자임이 틀림없다고 생각했다.

그 마을에서 집으로 돌아가는 길에 내가 사람들을 얼마나 불편해하는지 새삼 느꼈다. 기차의 승객 모두가 나의 열등감을 자극했다. 부끄럼을 많이 타고 어리벙벙하며 어색하기 짝이 없는 파김치. 웬 노인이 나를 보고 미소를 지었을 때 나는 다시 시선을 마주치지 않으려고 애썼다. 남자들 무리가 한 자매에게 지대한 관심을 보이는 듯했다. 자매 한 명이 머리를 풀자 머리카락이 어깨 바로 아래까지 내려왔는데, 머리를 묶고 있을 때보다 심지어 더 예뻤다. 이내 그가 다시 머리를 묶었다. 가죽 재킷에 청바지를 입고 스니커즈를 신고 있었다. 자매 둘 다 화장을 했지만 어딘가 남성스러운 느낌이 났다. 예쁜 모양의 입술은 빨갰다.

나는 도시의 삶은 여러 삶 가운데 한 형태일 뿐이며 인간이 만드는 구조물은 모두 서로 엇비슷하며 꽤 단순하다고 생각했다. 건물은 언덕을 뒤덮은 들풀이나 나뭇잎과는 다르게 빛과 바람을 머금지 않는다. 도시에서는 까마득히 먼 거리감도, 코앞에 있는 듯한 친밀함도 찾아보기 힘들다. 시골에서는 들판에 누워 풀과 몸을 부빌 수 있고, 바다와 하늘이 맞닿은 광막한 공간이 펼쳐져 있다. 도시에서는 모든 것이 다닥다닥 붙어 있기에 전부 그만그 만해 보인다. 무엇이 더 중요한지 식별하기가 사실상 불가능하 다. 건물이 바람에 몸을 누이지 않듯 도시에서는 우리의 생각도 유연하지 못하다. 건물을 몇 시간이고 바라볼 수는 없지만 자연 은 생생하게 계속해서 변화하므로 아무리 봐도 질리지 않는다.

난포기

중세에 바르셀로나는 귀족과 무역상, 상인과 장인으로 이루어진 100인 의회가 다스리는 과두제 도시였다. 의회가 왕의 통치 아래 있기는 했으나 왕에게 절대 지배권이 없었다. 왕권은 신성한 것이 아니라 계약에 의한 권리라고 여겨졌다. 100인 의회는 왕에게 다음과 같이 선서했다. 우리, 그대와 동등한 우리가, 우리보다 우월하지 않은 그대를 우리의 왕이자 군주로 받아들이겠노라 맹세하는데, 이는 그대가 우리의 모든 자유를 보장하고 법을 지킬 시에만 그렇다―아니 하면 아니 하리라.

로널드 브룩스 키타이는 마지막 문장을 따서 자신의 그림을 명명했다. 아니 하면 아니 하리라. 아니 하면 아니 하다는 무슨 뜻일까?

아이를 낳을 건가요? 낳으면 낳고 아니 하면 아니 합니다. 나, 그대와 동등한 내가… 받아들이겠노라… 우리의 모든 자유를 보장할 시에만… 나는 '어머니가 아닌'을 나의 정체성에 포함하고 싶지 않다. 나의 정체성이 누군가가 지닌 긍정적인 정체성의 부정이기를 원하지 않는다는 말이다. 나는 '어머니가 아니다'라고 생각하는 대신에, 나는 '어머니가 아닌 사람이 아니다'라고 생각하면 어떨까. 나는 아닌 사람이 아니다.

내가 아닌 사람이 아니면 나는 그냥 사람이다. 이중 부정은 긍정이므로 나는 단순히 나다. 뒤에 오는 아니다가 어머니가 아니다라는 정의에서 나를 막아주므로 나는 아닌 사람이 아닌 나라고 긍정할 수 있다. 당신은 어머니가 아니다라고 내게 말하는 사람에게 이렇게 대답할 수 있겠지. 사실 나는 어머니가 아닌 사람이 아니에요. 그 말인즉 나는 어머니가 '아닌 사람'이 아니다라는 뜻이다. 물론 어머니라고 불리는 누군가도 이렇게 말할 수 있다. 나는 어머니가 아닌 사람이 아니에요. 여기서는 뒤의 '아니다'가 앞의 '어머니가 아닌'을 부정하여 그녀가 어머니라는 뜻으로 해석된다. 따라서 '아니지 않은' 상태는 어머니에게도, 어머니가 아닌 사람에게도 적용될 수 있다. 우리가 공유할 수 있는 표현이다. 이렇게 우리는 같아질 수 있다.

⌒

오늘 밤에 나는 십팔 세기의 랍비 바알 셈 토프에 관한 이야기를 읽었다. 바알 셈 토프의 딸이 아버지에게 자신이 결혼하게 될 남자의 이름을 물으며, 자기가 어머니가 될 것인지 알려달라고 청한다. 아버지는 파티를 열고 파티에서 딸의 남편을 공개한다.

이야기 끝에 딸은 남자아이 둘과 여자아이 하나를 낳는데, 두 아들의 이름과 그들이 커서 무엇이 되었는지는 이야기에 나오지만 딸은 이름도 미래도 언급되지 않는다.(보나마나 어머니가 되었겠지) 책을 내려놓으며 나는 인간의 역사 대부분에서 남성에게는 여성이 아들을 낳고 키우는 역할에 불과했다는 사실을 깨달았다. 여성이 딸을 낳으면, 흠, 딸이 커서 아들을 낳기를 바랄 수밖에. 어머니가 되지 않아서 내가 경험하는 모든 불안감이 이러한 역사에서 비롯했을까? 여성의 존재 자체에는 가치가 없다고 암시하는? 여성은 남성에게 수단이었다. 남성은 성장하여 자기 존재만으로 가치를 인정받고 세상에서 무언가를 해냈으나, 여성은 남성을 세상에 내보내는 통로에 불과했다. 나는 늘 내 존재 자체에 가치가 있다고 믿어왔다. 누구나 그렇게 생각하지 않을까? 그러나 나의 존재 가치가 충분한지 의심하는 불안감은 여성은 자기 존재만으로는 가치가 없는, 남성을 산출하는 수단이라고 역사에 오랫동안 각인되어 있던 생각에서 근원을 찾을 수 있을지도 모른다. 수단이 되기를 거부하는 여자는 무언가 잘못되었다고, 시도라도 해야 한다고. 그러나 나는 수단이 되고 싶지 않다. 자신의 존재 가치를 당연시하며 내키는 대로 자아를 실현할 수 있는 남성을 세상에 내보내는 통로 따위는 되고 싶지 않다는 말이다.

203

벽 뒤에 다람쥐나 쥐가 있다. 글을 쓰는데 벽 안에서 부스럭거리며 갉아대는 소리가 들린다. 조그만 이빨로 벽의 안쪽을 갉작대고 있다. 방음재나 목조 혹은 시멘트, 무엇인지는 몰라도 이 벽을 이루는 것들을 갉아먹고 있다.

⌒

내가 내 집에서 아이를 키우는 일을 고려해보고, 그 일을 하지 않기로 선택했다고 말하면, 나는 과연 무엇을 선택한 것일까? 무엇을 선택하기는 했을까? 언어는 이런 경험을 적절히 포착하지 못한다. 따라서 소통할 수 있는 경험이 아니다. 그러나 나는 아이를 키우는 임무에서 완벽히 독립적인, 무엇을 부정하지 않고 긍정하는 언어로 이 선택을 표현하고 싶다.

하지만 무언가의 부재를 어떻게 표현하지? 내가 축구를 하지 않기로 하면, 축구를 하지 않고 있음이 축구의 경험 중 하나일 수 있을까? 어머니가 되지 않고 있음은 어머니로서의 삶을 경험하는 것이 아니다. 아니, 맞나? 그것도 어머니인 상태를 경험하는 것이라고 할 수 있나?

어머니가 되지 않기로 한 여자의 삶에서 가장 중요한 활동은 무엇일까? 이 삶을 어머니가 되는 경험의 부재를 중심에 두지 않고 표현할 수 있을까? 어머니가 되는 일에 연관 짓지 않고 이 삶의 경험이 무엇을 뜻하는지 표현할 길이 있을까? 긍정의 언어로 표현할 수 있을까? 물론 이 경험은 여자마다 다를 것이다. 그렇다면 이것이 나라는 여자에게 어떤 긍정적 경험인지 말할 수 있을까? 할 수 없다. 내가 무엇을 원하는지 여태 알지 못하고 갈등하고 있으니까. 나는 어머니로 사는 경험의 가치를 입증하지 못했음은 물론, 아이를 낳지 않기로 단호히 결심함으로써 비부모로서의 삶의 가치도 아직 입증하지 못했다.

아이를 갖지 않는 것이 무엇의 경험인지 알아내고 그것을 행동의 부재가 아닌 능동적인 행동으로 표현할 수 있다면, 이처럼 수동적으로 기다리고 있는 듯한 무력함에 빠지는 대신에 이 경험을 오롯이 끌어안을 수 있을지도. 그렇게 함으로써 비로소 나는 내 삶을 선택하고 내 선택을 손에 쥔 채로 다른 이들에게 내가 선택한 삶이라고 당당히 보여줄 수 있으리라.

⌒

동성애자 친구들에게서 자신의 성정체성을 처음 밝힌 경험 이야기를 들을 때마다 나는 부러워했다. 나도 내 정체성을 세상에 공표하고 싶었다. 하지만 나를 과연 무엇이라고 정의할 수 있을까? 정확히 콕 집어 말할 수 없었다. 내가 어떤 사람이며 어떤 사람이 아닌지 흐리멍덩한 이미지만 유령처럼 아른거렸다. 나도 이렇게 말하고 싶었다. 나는 여섯 살 때부터 나의 이런 면을 알고 있었어. 세상의 질시를 받기도 했지만 이제 나는 그것을 당당

히 드러내. 세상에 알리고 나니 얼마나 마음이 편한지 몰라. 덕
분에 내 삶은 진정 나의 것이야.

⌒

아이가 없는 여자로서 나는 내가 아이를 갖지 않기로 확고히
선택한 것이 아니라 이러지도 저러지도 못하고 떠밀리듯 살고
있다고 여겨질까 봐 두렵다. 아이가 없는 사람들은 인생의 다음
단계로 나아가지 않고 있다고, 변화와 성장을 거부하고 있다고
여겨지기도 한다. 그들의 삶은 가지를 치지 못하며 시간이 흘러
도 사랑과 아픔 같은 인생 경험에 깊이가 더해지지 않는다고 말
이다. 한곳에 갇혀 있는 듯이 보이기도 한다. 부모가 되며 떠나
게 되는 그곳에 여전히 머물고 있는 것처럼.

아이를 원하지 않는 사람들이 선택한 삶은 부모가 된 사람들
이 아이를 갖기 전에 누리던 삶과 별로 달라 보이지 않을 때가
많다. 아이가 태어나기 전의 삶이 이어지는 것뿐이라고. 아이를
원하지만 아직 갖지 않은 사람들의 삶과도 다를 바 없어 보일지
도 모른다. 남들이 보기에는 아직 아이를 갖기로 확실히 정하지
못했거나, 심지어 아이를 가지려고 노력하고 있다고 오해 받을
소지가 있으니까. 그러나 아이를 원하지 않는 사람들은 자신들
의 삶과 선택으로 무언가를 긍정한다. 다만 그들이 무엇을 긍정
했는지 표현하기가 어렵다. 부모가 된 사람들은 한때 자기도 아

이 없이 살았으니까 그 삶에 대해 빠삭하게 알고 있다고 자신한다. 그러나 그들의 아이 없는 삶은 선택이 아니었으며, 아이를 낳는 순간 끝나리라는 유효 기간이 붙어 있었다.

⌣

어떤 부모는 자식이 없는 삶을 상상할 때, 아이를 가졌기에 이제는 이룰 수 없는 자기 모습을 상상하기보다 현재 삶에서 아이가 없으면 어떨지 상상한다. 그러고는 부모가 되지 않았으면 누리지 못했을 경험을 안타까워하며 그 안타까움을 자식을 아예 원하지 않는 사람에게 이입한다. 당신이 부모인데, 자식을 원하지 않는 사람들이 이해되지 않거든 아이를 향한 당신의 마음을 돌이켜보고, 그 마음이 다른 곳을 향해 있다고 상상해보라. 아이를 가짐으로써 당신이 느낀 희망과 목적의식과 가능성과 사랑이 한 치의 모자람 없이 충만한 다른 삶을 상상해보라.

자식을 원하지 않는 사람들 중 일부는 삶에서 지향하는 바가 다르다고, 어쩌면 타고나기를 그렇게 태어났다고 생각해보면 어떨. 자식을 원하지 않는 마음은 성적 지향이라고 해도 무리가 아니다. 그러니까, 번식욕이야말로 섹스와 떼려야 뗄 수 없는 관계가 아니던가? 번식욕은 사람마다 각기 다른 강도로 세포 깊이 새겨져 있는데, 그가 속한 문화와 타인의 영향이 더해져 선천적 욕구에 변화를 준다. 유년 시절을 돌이켜보면 그때도 나는 아이를 원하지 않았다고 말할 수 있다. 가족들과 다 같이 식탁에 둘러앉아 있다가 나는 절대 어머니가 되지 않으리라고 깨달은 순간이 기억난다. 나는 실존적으로 딸이었으며 앞으로도 영영 딸로 남을 것이었으니까.

⌒

유대인 여자들은 홀로코스트에 희생된 사람들을 생각해서라도 아이를 낳아야 한다는 부담을 느낀다. 네가 아이를 낳지 않으면 나치가 이긴 거야. 나도 이런 기분을 느껴보았다. 그들은 우리의 씨를 말리려고 했어. 그들이 성공하게 두어서는 안 돼. 한 민족이 지구에서 자취를 감추는 위험을 감수하면서까지 내가 이기적으로 아이를 안 낳아도 될까? 하지만 솔직히 말하자면 나는 인류 전체가 멸망한다 해도 상관없다.

더 많은 인간을 세상에 내보내는 대신에 이렇게 말하면 어떨까. 역사를 통해 우리는 인간이 얼마나 잔인하고 가학적이고 악할 수 있는지 배웠다. 그것에 대한 반발로 우리는 더는 인간을 만들지 않겠다. 앞으로 한 세기간 아이를 낳지 않을 것이다. 우리에게 가해진 범죄에 대항하는 의미로 우리는 가해자도 피해자도 만들지 않을 것이며, 이렇게 함으로써 우리의 포궁은 세상에 기여하리라.

어제저녁에 고등학교 친구 리비와 밥을 먹었다. 리비는 최근에 임신한 사실을 알게 되었는데, 그것에 아무런 기쁨도 느끼지 않는다. 가볍게 만나던 남자와 갑자기 심각한 관계가 되어버렸다. 두 사람은 이제 같이 살 아파트를 알아보고 있다. 리비의 이야기를 듣다보니 임신이 올가미가 되었으며 배 속의 아이가 그녀를 새 남자친구와 새로운 삶에 옭아맸음을 알 수 있었다. 벌써 리비 주변으로 벽이 올라가고 있다. 점차 빠르게 성장하는 도시처럼 고층 건물이 쭉쭉 올라간다. 새 남자친구, 새 아기, 새 가족. 새집. 아이가 배 속에서 자라나는 동안 밖에서는 벽이 올라간다.

⌒

친구의 임신 소식을 들을 때마다 무언가가 점점 더 나를 조이며 구석으로 몰아가는 느낌을 받는다. 아기가 계속해서 끝없이 태어나지는 않겠지만, 어쨌든 지금으로서는 마치 밤에 내리는 우박이나, 혹은 정확한 명칭은 모르지만 지구 표면에 떨어져 자기 자신보다 훨씬 더 큰 구덩이를 만드는 외계 물질 같은 무언가가 마구마구 쏟아지는 듯하다. 사방이 온통 구덩이다. 별 먼지의 축복에 박살 나 가루가 돼버릴 위험에서 안전한 집은 없다. 지구를 향해 곧장 날아오는 수천 톤짜리 아기들.

나는 친구들과 내가 같은 곳으로 가고 있다고 늘 믿어왔다. 아이 없는 그곳에서 우리가 수많은 일을 함께 해내리라 믿었다. 우리의 정신과 영혼이 같은 모양으로 빚어져 있다고 생각했다. 친구들이 다른 곳으로 떠날 적당한 기회만 노리지는 않았겠지만, 때로는 내가 이곳에 버림받았다고 느낀다. 버림받았다는 표현은 옳지 않으나 상실감이 드는 것은 사실이며 이처럼 홀로 남았다는 사실에 얼떨떨하다. 우리가 한마음이라고 내가 무슨 근거로 단정했을까? 그래서 내가 아이를 갖는 일을 고민하게 되었나? 우리가 함께 서 있던 얼음판이 조금씩 부서지며 쪼그라들어 나 혼자 손바닥만 한 조각에 홀로 남아서? 대륙처럼 광활한 이 얼음판에 우리가 끝까지 함께 머무르리라 생각했었는데. 문자 그대로 나 혼자 남은 것은 아니지만, 내가 그 많은 친구들의 의중을 잘못짚었다고 깨달은 지금, 얼마 남지 않은 친구들이 남아주리라 어떻게 믿겠는가? 친구들이 우르르 떠나버렸다는 사실에 나는 크게 충격을 받았다. 아이 없는 이곳에 머무를 계획이었는데 나중에 마음이 바뀌었나? 아니면 친구들은 애초에 머무를 생각이 없었는데 나 혼자 착각했나?

주변에서 일어나는 이 모든 번식의 현장에 진력난다. 그들이 현재 살아 있는 사람들에게서 등을 돌렸다는 생각에 섭섭한 마음이 든다. 우리 나머지 사람들, 살아 숨 쉬고 있는 수억 명의 고아들에게 애정을 쏟고 보살피는 대신, 지금보다 더 큰 행복을 손에 넣겠다며 새로운 생명을 두 팔 벌려 환영한다. 옳지 않다. 따뜻하지 않다. 어디를 봐도 울어대는 아기들 천지인데 내 친구들은 더 많은 아기를 세상에 내보내고 있다. 내보내고 또 내보낸다! 또 한 줄기의 빛이 떨어진다. 물론 나는 친구들을 위해 기뻐해주지만 우리 나머지 사람들이 가엾다. 그 실망감이란! 그들은 한 치의 꺼림 없이 기꺼이 우리를 버린다. 자식이 태어나는 순간 그들은 자식을 향해 돌아선다. 우리 나머지 사람들을 추운 바깥에 버려둔 채로.

배란기

오늘 아침에 샤워하고 수건으로 몸을 감은 채 방으로 돌아오니 마일스가 침실 한가운데에서 외출할 채비를 하고 있었다. 마일스는 미소를 짓고 손을 펄럭이며, 새 두 마리가 나를 사랑한다고 노래했다.

지난주에는 마일스가 매우 아름다운 코트를 선물로 주었다. 지금 침대 옆 탁자에 놓인 튤립도 그가 선물했다. 나를 위해 저녁을 요리했다. 지난달에 내가 앓아누웠을 때는 초콜릿 세 개와 소다수 여섯 병, 감기에 효과가 있다는 약초와 감기약을 가져다주었으며, 침대 옆 벽에 통통하게 부푼 하트를 잔뜩 그려놓았다. 나는 이렇게 말할 수밖에 없다. 진정한 사랑을 찾은 것 같다고.

어젯밤에 우리는 섹스를 했다. 내가 배란기에 있을 때마다 마일스가 하고 싶어 하는 듯하다. 어떻게 아는지는 몰라도 그의 몸이 아는 모양이다.

20세기 초에 활동한 피임 권리 운동가 마리 스톱스는 이성애자들이 성관계를 잘못 이해하고 있다며, 남성의 일정한 신체 주기가 아니라 여성의 변동하는 신체 주기에 맞추어 성관계를 가져야 한다고 주장했다. 배란기에는 매일 그리고 하루에 여러 번 성관계를 가질 것. 그 외의 시기에는 금욕할 것. 그렇게 몇 주간 금욕하면 성욕이 왕성해질뿐더러 남자와 여자 모두 다른 일에 집중할 수 있다고 했다. 좋은 생각 같으니 시도해보자고 마일스에게 한 번 말했는데, 마일스도 동의했지만 끝내 우리는 실행하지 않았다.

한밤중에 반쯤 졸면서 섹스하고 있는데 마일스가 실수로 내 안에 사정할지도 모른다는 생각에 문득 불안해졌다. 돌연 징역을 선고받은 기분이었다. 우리에게 돌이킬 수 없는 끔찍한 일이 생길 테고, 그것은 내가 원하던 미래가 아니라고 절망했다. 우리 두 사람의 꿈이 깨져버리는 것이다.

이제껏 나는 아이를 낳지 않으려고 온갖 수를 다 썼다. 임신 중지 수술을 한 번 받았고 사후 피임약을 여러 번 먹었으며 아이를 원하지 않는 남자들만 만났다. 어쨌든 적어도 아이를 간절히 원하는 남자와는 사귀지 않았다.

문자 그대로 한 사람에게 생명을 주는 일 말고도 다른 삶에 기여할 수 있는 방법은 쌔고 쌨다. 세상은 돌봄이 필요한 아이와 도움이 필요한 부모 천지이다. 누군가 맡아서 해야 할 일은 또 얼마나 많으며, 과거로 돌아갈 수 있다면 택하지 않았을지 모르지만 어쨌든 책임져야 하는 삶들이 있다. 온 세상이 어머니의 보살핌을 원한다. 어머니가 되면 느끼리라고 예상되는 온정을 내 삶에 채워본답시고 새로운 생명을 창조할 필요는 없다. 어머니를 찾아 울어대는 삶과 어머니의 손길을 요구하는 임무가 지천이다. 그들이 찾는 어머니가 당신일 수도 있다.

⌒

사실, 어머니가 되지 않기보다 어려운 일도 없다. 그 누구에게도 어머니가 되어주기를 거부하기. 어머니가 되지 않기란 몹시 어렵다. 한 여자가 아직 어머니가 아님을 눈치채고 그녀를 어머니로 만들어 그렇게 여성의 자유를 덥석 가로채고자 하는 이들은 도처에 있다. 이런저런 남자들, 때로는 그녀의 어머니나 아버지, 혹은 어떤 젊은 여자나 젊은 남자가 그녀의 눈부신 자유의 길에 끼어들어 그녀의 아이를 자처하며 멋대로 자신의 어머니로 삼는다. 이번에는 누가 그녀를 어머니로 만들까? 누가 그녀의 길을 가로막고 웃으면서 말할까? 안녕, 엄마! 세상에는 절박한 사람들, 외로운 사람들, 반쯤 망가진 사람들, 혼란스러운 사람들, 구린내 나는 신발과 퀴퀴하고 해진 양말을 신은 빈곤한 사람들이 수두룩하며, 이들은 당신이 자신의 비타민을 챙겨주길 바라거나 사사건건 조언을 구하거나 혹은 술을 얻어 마시며 넋두리를 늘어놓고, 당신을 유혹해 자기 어머니로 삼으려 한다. 무슨 일이 벌어지고 있는지 깨닫기도 전에 당신은 그들의 어머니가 되어버렸다.

가장 여성스러운 문제를 손꼽아보자면, 자기 시간과 공간을 충분히 누리지 못하거나 혹은 그걸 허락받지 못하는 문제다. 간신히 얻은 그 시간에 자기 자신을 욱여넣는다. 여자들은 시간 위로 여유롭게 몸을 쭉 펴는 대신 가능한 한 작게 쪼갠 시간 위에 옹송그리듯이 존재한다. 북적거리는 타인들 틈바구니에. 여성은 자기 자신에게 허락하는 시간과 공간에 몹시 인색하다. 그런데 아이를 낳는 일만큼 여성의 시간과 공간을 앗아가는 일이 또 있을까? 여성은 아이를 갖음으로써 자기 부정의 충동을 해결한다. 그런 충동을 미덕으로 둔갑시킨다. 희생하는 마음으로 가장 늦게 밥을 먹는 것, 사랑을 받고 싶어 양보하고 또 양보하는 것, 너무도 여성스러운 행동들. 미덕으로 포장한 자기희생을 대가로 사랑을 받고 싶다면, 아이를 낳는 일이야말로 그런 삶으로 가는 지름길이다.

나는 시간의 평원에서 가능한 한 많은 공간을 차지하고 내키는 대로 쏘다니고 싶다. 넓디넓은 나만의 공간에서 무위하며 빈둥거릴 테다. 책임 따위는 손에서 놓아버리고 무례하게 타인을 배려하지 않은 채로 그 누구의 명령이나 부탁도 들어주지 않겠으며 호감을 사려고 노력하지도 않겠다. 온순한 하녀처럼 사근사근 행동하지 않으면 사회에서 배척당할지도 모른다는 두려움에 벌벌 떨며 남들 비위를 맞춘답시고 만나는 사람마다 친절을 베풀지 않겠다. 바로 이런 이유로 청소년기가 그립다. 남들에게 질해줘야 한다는 강박에 시달리지 않았으니까. 지금 돌이켜보면 어찌나 자유로웠는지. 그래, 무심함이야말로 가장 큰 자유다. 최근에는 어찌나 생각이 많은지 여기서 조금만 더 많아지면 내가 끝장날 것 같다. 아이를 낳고 키우는 일은 착한 일이겠지. 그러나 착하지 않을 수 있음은 얼마나 꽹장한 승리인지. 아이는 세상에 줄 수 있는 가장 착한 선물. 내가 그렇게 착한 사람이 되고 싶어 하나?

월경 전 증후군

수 주가 지나자 눈물이, 다시 한번, 돌아왔다. 이 불행감을 어떻게 안고 살아가지? 점쟁이가 말한 대로일까? 태어나기도 전에 내게 주입된 슬픔일까?

그렇다

이 슬픔을 내가 사랑해야 할까?

아니다

수용해야 할까?

아니다

풀어내려고 노력해야 할까?

그렇다

글을 써서?

그렇다

왜 그래야 하지? 극복하려고?

그렇다

이 슬픔이 내게 악몽을 불러일으키는 악령과 관련이 있을까?

그렇다

그렇다면 계속해서 씨름해야 하는구나. 악령-천사에게 축복을 구하고 내가 기댈 곳이 필요하다는 사실을 겸손하게 인정해야 해. 내가 지닌 의존성을 진심으로 깨달으면 슬픔이 사라질까?

아니다

슬픔은 사라지지 않겠지만 적어도 진실 속에서 살게 될까?

그렇다

~

어젯밤에 리비와 저녁을 먹었다. 저녁이 깊어질수록 리비는 점점 내게 더 언짢아했다. 나는 작가로서 커리어를 쌓아가고 있는데 자기는 뒤처지고 있어서 걱정이라고 했다. 임신에 영향을 받은 정신 상태인 리비는 자기가 아는 사람 모두에게 뒤처질 테고 두 번 다시 일하거나 무언가를 창조할 수 없을지 모른다고 불안해했다. 리비는 몹시 동요하고 있었다. 내게 일을 많이 하지 말라고까지 했다. 창작 좀 그만해! 리비가 말했다.

나중에 리비의 말을 내가 전했을 때 마일스는 놀라지 않았다. *봤지? 무해하지 않아. 여자들이 친구에게 아기를 낳으라고 은근히 강요하는 거 말야. 그들은 네가 자기들과 같은 배에 타기를 원해. 자신이 가진 불리한 조건을 공유하고 싶어 한다고.* 마일스는 다시 한번 강조했다. 부모가 되는 일에 그만한 가치가 없다면 서, 인류 역사에서 가장 큰 사기라고 불렀다.

어젯밤에 리비가 몹시 두려웠다. 리비는 자기가 제정신을 잃고 있다고 말했다. 나는 아니라고 반대했지만 실로 리비가 그렇게 보여서 겁이 났다. 리비가 영영 변할지도 모른다고, 내가 지금껏 알고 지낸 사람과 달라질지도 모른다는 생각이 들었다. 리비는 자기가 새로운 사람을 사랑할 수 있도록 뇌가 깨끗이 백지화되고 있다고 말했다. 임신하거나 사랑에 빠졌을 때 벌어지는 일이라면서, 마치 뇌의 회로에 새로운 길이 날 수 있도록 기억상실증에 걸린 듯하다고 했다. 꿈속의 꿈에 갇힌 채로 리비가 그토록 끔찍한 말을 했나보다. *창작 좀 그만해! 그만 좀 만들라고!* 리비가 소리쳤다. 리비는 자기 몸이 무언가를 만들고 있을 뿐, 자기는 아무것도 만들지 않고 있다고 했다. 나도 딱히 무언가를 만들고 있지 않다고 항의했지만 리비는 내 말을 믿지 않았다.

이튿날 나는 블라인드를 치고 멍한 절망감 속에 종일 누워 있었다. 어스름이 깔릴 때까지 일어나지 않았다. 저녁을 같이 먹은 그날 전까지는 리비에게서 변화를 감지하지 못했다. 내가 환상 속에 살고 있었나보다. 어쩌면 우리 둘 다 그러고 있었나보다. 내가 본 변화를 리비에게 말할 수 없었다. 마치 리비가 아이가 자랄 수 있는 공간을 늘리려고 가슴속에서 나를 밀어내는 듯했다.

오늘은 컨디션이 저조하다. 기진맥진하다. 싸움으로 하루를 시작했고, 마일스에게 무시를 당한 기분이었다. 마일스가 그렇게 행동할 때마다 그가 나를 사랑하지 않음을 보여주려고 일부러 그러는 것 같다. 나는 울음을 터뜨렸고 마일스는 화를 냈다. 나는 산책을 나가 거리에서 슬퍼했고, 돌아와서는 집에서 슬퍼했다. 책상에 앉은 지금도 슬프다. 슬픔으로 가득한 긴 하루가 되겠다. 싸울 때마다 그러하듯이 지칠 대로 지치고 비참하다. 기억할 것. 시간이 지나면 지금 느끼는 슬픔을 기억하지 못할 거야. 기억하지도 못할 거라고. 삶의 다른 순간들과 마찬가지로— 사라질 거야. 오늘 저녁도 거의 저물었다.

이번 다툼에도 새로운 점은 없다. 인생이 예상대로 흘러가지 않는다는 사실은 늘 알고 있었다. 우리의 원대한 꿈이 늘 현실로 이루어지지 않는다는 사실 또한 알고 있었다.

때로는 내가 삶에서 무엇을 하고 있는지 통 모르겠다. 참으로 이상한 이상을 추구하고 있으니까. 어쩌면 우리는 자신이 무언가를 선택한 이유를 온전히 이해하지 못하는 채로도 올바른 선택을 내릴 수 있는지 모른다. 이유는 몰라도 내 선택이 옳다고 믿자. 혹은 선택은 잘못되었지만 이유만큼은 정당했다고 믿자. 그러나 이유가 정당하다는 것만으로는 충분하지 않다. 우리에게는 자기만의 이유가 필요하다. 자기만의 이유를 알아내는 순간 자신이 내린 선택을 이해할 수 있을 것이다.

어젯밤 꿈에서 이런 말을 들었다. 네 삶을 이해하고 싶거든 모든 것을 파괴하고 떠나서 새로 인생을 꾸려봐. 두 번째 인생이 처음과 별로 다르지 않다면 네가 어떤 삶을 살지는 거의 결정된 거나 다름없어. 다 거기서 거기일 거야.

~

자식이 있는 사람들과 자식이 없는 사람들 사이에 유의한 차이는 없다. 자식이 있고 없고는 그저 그들 삶에 벌어진 일 중 하나이다. 시간과 세상이 그들 삶에 일으킨 사건 중 하나이다. 물론 그들은 세상의 일부이고, 그들과 인연이 닿았거나 닿지 않은 사람들, 문화, 부모, 직업, 신체, 경제력, 태어난 아이나 태어나지 않은 아이나 태어났다가 죽은 아이 모두 이 세상의 일부다. 한때 나는 부모와 부모가 아닌 사람들을 나누어 생각하고는 했으나 이제는 세상을 그처럼 흑백으로 보지 않는다. 자식의 유무는 그들이 한때 어떤 삶을 꿈꾸었으며 지금은 또 어떤 삶을 그려나가고 있는지 암시하지 않는다. 인간은 모두 무작위적인 사건들에 치이고 걱정거리를 안고 살아가며, 인간 삶에 작용하는 모든 힘의 신비를 짐작만 할 뿐 여전히 알지 못한다.

그렇다면 정답이 없는 문제를 두고 너무 고민하지 말자. 끝끝내 답을 찾을 수 없다면, 큰 관점에서 보았을 때 답이 무의미하기 때문이 아닐까. 결정을 내리지 못하고 끝없이 장단점만 따지고 있다면 그 문제가 당신에게 진정 중요하지 않다는 뜻이다. 정말로 중요한 문제는 논쟁 자체가 불가하다. 어떤 사람들은 자식을 갖고 말고를 고민해본 적조차 없는 반면에 또 어떤 사람들은 여러 사항을 따지며 갈등하는데, 그들의 삶에서 자식이 핵심적인 요소가 아니기 때문일 터이다. 당신에게 별로 중요하지 않고 세상에도 큰 영향이 없다면, 모두에게 좋은 일 한다 생각하고 아이를 갖지 않는 편이 낫다.

태어나는 일 자체에 내재한 장점은 없다. 태어나지 않은 아이가 살아보지 못했다고 아쉬워할 수는 없으니까. 또 한 인간이 태어나는 사건만큼 지구에 해로운 일은 없으며, 이 지구에 태어나는 운명만큼 인간에게 괴로운 일은 없다. 아이를 꼭 키우고 싶거든 입양하는 편이 낫다. 아니, 양육에 들어갔을 돈을 경제력이 부족한 여성을 돕는 단체에 기부하는 편이 낫다. 그래서 그 여자들이 콘돔 같은 피임 기구를 구입하거나 피임에 대한 교육을 받거나 임신 중지 수술을 받아 자기 자신을 구할 수 있도록 말이다. 나의 불안한 포궁에서 불안한 사람을 또 하나 내보내는 일보다 훨씬 세상에 도움이 되리라.

⁓

아이를 원하지 않는 마음이 내게는 노후 대비의 일환인지도 모른다. 나는 다른 것은 몰라도 내가 바라는 노후만큼은 정확히 알고 있다. 소박한 집, 소박한 삶, 아무도 내게 의존하지 않고 나 또한 지금과 달리 아무도 필요하지 않은 삶. 그런데 자식이 있으면 바람 잘 날이 없을 것 아닌가. 자식들이 가진 젊음을 질투할지도 모른다. 자기 자신과 비교를 안 하려야 안 할 수 없으니. 어머니가 언젠가 내게 말했듯이 말이다. 너를 볼 때만큼 내가 늙었음을 통감할 때가 없어.

⁓

어머니는 어렸을 적에 플로리스트, 사진사, 피겨 스케이팅 선수가 되고 싶었다. 하지만 할머니의 바람에 따라 대학에 가서 의료계 전문직 여성이 되었다. 자기가 못다 이룬 꿈을 자식을 통해 실현하려는 부모가 어디 한둘이겠는가.

어렸을 적에 어머니가 묵직한 금속 현미경으로 보여준 슬라이드가 기억난다. 피와 간, 신장, 심장. 보랏빛과 분홍빛으로 물든 슬라이드 위로 자연의 온갖 아름다운 무늬가 나타났는데, 어

229

머니가 좋아하던 꽃망울이 터지는 모습이나 피겨 스케이팅 선수가 회전하며 빙판에 수놓는 나선형 무늬와 다르지 않았다. 어머니는 식탁에 슬라이드를 펼쳐놓고 앉아서 나를 의자 위로 세운 다음에 현미경 렌즈를 볼 수 있게 자세를 잡아주고 이런 말을 하고는 했다. 이게 네 피야. 놀라웠다. 서로 조금씩 다른 모양과 부드러움을 지닌 채 따로따로 분리된 도넛 형태가 내 피의 본모습이라니. 어머니는 내 머리카락을 하나 뽑아 현미경 아래 놓았다. 이건 네 머리카락이야. 속이 텅 빈 갈대 같은 것이 내 머리칼의 본모습이라고? 어머니는 세상 모든 것의 가장 작은 부분을 볼 수 있었으며, 그렇게 볼 수 있다는 사실에 어떤 힘이 깃들어 있었다.

⌒

어딘가 먼 곳에서 망치 두드리는 소리와 어린이들과 여자들의 말소리가 들려온다. 겨울 해가 빛난다. 비행기가 창공을 날아간다. 나무에서 새 한 마리가 여봐란듯이 크게 우짖다가 소리를 낮추어 지저귄다. 날이 선선해졌다.

마일스는 화장실 세면대에서 무언가를 두드리고 있다. 창밖에 세워둔 차에서 엔진음이 울린다. 마일스가 복도를 걸으며 조그맣게 노래하다 목청을 가다듬는다. 아, 미안. 일하고 있어? 잠시 후 나는 복도로 나가 마일스에게 좋은 하루를 보내라고 인사할 것이다. 서랍을 드르륵 여닫는 소리, 주차한 차의 털털거리는 엔진음, 쿵쿵거리는 망치. 마일스의 발아래 삐걱거리는 바닥.

어젯밤 꿈속에서 가임기의 막바지에 이르른 여자들이 소파에 함께 앉아 어울리고 있었다. 아름답고 매력적이었지만 그들은 남자나 아이와는 별 인연이 없었는데, 바로 그것이 이 여자들의 힘이자 독립성이자 상실이자 허무함이자 가벼움이자 공허였다.

흔히 사람들은 물물교환하듯이 생각한다. 자기가 원하던 무언가를 의도적으로 포기하면, 그 상실에 대한 대가로 우주에게서 무언가를 받기를 기대한다. 그러나 우주는 인간과 거래하지 않고, 보통 한 번 잃어버린 것은 영영 되찾을 수 없다.

내가 그런 여자가 되려나? 마흔 살에 갑자기 아이를 원하는? 그렇게 되고 싶은 사람은 없겠지. 영영 때를 놓쳤다는 후회 따위 누가 하고 싶겠어. 아이를 갖는 일처럼 기본적인 문제에서도 자기 마음을 모르는 사람으로 보이고 싶을리 없잖은가? 그러나 그렇게 보일 공산은 모두가 비웃는 앞에서 나를 깔아뭉갤 모루처럼 머리 위에 위험하게 떠 있다. 넌 서른아홉 살이야. 그 나이쯤에 남들은 다 결정했어. 심지어 의사도 내게 말했다. 지금 결정해야 해요.

마흔이라는 나이가 관념에 지나지 않는다는 것은 안다. 실재하지 않는 결승선이다. 그러나 나는 아이를 갖는 문제로 그만 골치를 앓기 위해서라도 그 결승선을 지나고 싶다. 마흔 살이 넘어서 아이를 낳았다는 여자들의 이야기를 들으면 가슴이 철렁 내려앉는다. 이렇게 고민하는 시기가 언젠가는 끝날까?

왜 이리도 마음이 오락가락하지? 아이를 가지면 참 좋겠다고 생각하다가도 일주일 만에 절대 안 된다고 기겁한다. 지금껏 삶의 갈림길에서 고찰을 통해 답안을 찾은 적이 있을까? 욕망이란 자기가 원하는 바를 고찰한 끝에 느끼는 것이 아니다. 가슴속 훨씬 깊은 곳에서 우러나온다. 마음 한구석에서 밀어내는 바를 억지로 끌어당길 수는 없다. 그런 줄다리기는 무용하다. 기다려봤자 아무런 움직임도 없을 것이다. 삶에서 그런 내적 갈등을 느끼거든 잠시 눈을 떼고 모든 기운이 흐르는 지점으로 시선을 돌려라. 그 흐름을 따라가 거기서부터 삶을 끌고 나가라.

참 어렵게도 우리의 긴 삶에서는 수많은 일들이 우연히 일어나며 일주일 만에 내린 결정이 평생을 좌우할 수도 있는데, 이런 결정을 내리는 자아를 완벽히 통제할 수도 없다. 나는 아이를 낳아 키우는 나를 도저히 상상할 수 없으면서 끝내 아이를 낳지 않고 사는 나를 상상하면 또 묘한 기분이 든다. 아이가 없는 삶은 아이가 있는 삶보다 한 치의 모자람 없이 멋지고 뜻밖이며 특별

할 것이다. 두 형태의 삶 모두 기적적이고 끝내줄 것이다. 자연의 요구에 순응하는 삶과 반발하는 삶, 두 삶 모두 자기 나름의 아름다움과 놀라움과 어려움을 품고 있다. 자연에 순종하거나 맞서는 일은 똑같이 가치가 있다. 귀한 경험이다.

⌒

오늘은 너무 피곤해서 글을 써나가기가 힘들다. 힘이 쭉 빠지고 우울하며 지친다. 아이를 갖는 일을 생각만 해도 손가락에 힘이 빠지고 독한 꽃향기를 맡은 듯이 노곤해진다. 진실로 통하는 문은 여러 개인데, 졸음도 그중 하나다. 이 기묘한 졸음과 피로를 헤치고 나가 내가 무엇을 원하는지 알아내야 한다.

자식을 낳을지 말지 하는 고민이 벌레처럼 나의 뇌 속을 점령한다. 나의 모든 기억과 미래를 향한 감각 위로 마구 기어다닌다. 이 벌레를 어떻게 내보내지? 이제껏 내 삶에 존재한 모든 것과 앞으로 존재할 모든 것을 갉아먹는다. 단 하나도 멀쩡히 남겨두지 않는다. 세상의 눈에 반쪽짜리 동물로 남는 대신에 내가 낳은 자식으로 가슴을 채우고 아이를 키우는 일로 시간을 채우면, 삶에 회의를 느끼지 않으리라고 내가 진심으로 믿고 있을까? 두고두고 이런 기분으로 살고 싶지 않다. 이 간단한 일 하나를 해치우고자 하는 감정에 굴복하면 가슴이 열리고 가벼워지며 만사가 쉬워질 듯할 때도 있다.

지금이 바로 내가 아이를 가져야 할 나이라는 사실을 가슴 한 구석에서는 알고 있다. 아이를 낳는다고 생각하면 유쾌한 기대감이 들며 충동에 무릎을 꿇고 싶기도 하다. 이걸 해내고 나면 세상에 아쉬울 것이 별로 없겠다. 머릿속에서 미래의 모든 순간에 나의 아이가 들어앉을 수 있는 공간이 열린다. 그러나 나는 아이를 그곳에 데려갈 수 없다. 그 순간들 속에 아이를 앉힐 수 있는 방법을 모른다.

며칠 전에는 한 길을 계속해서 걸어가야 한다는 꿈을 꾸었다. 그 길을 오래 따라갈수록 더 많은 것을 찾을 수 있다고 했다. 걸음을 늦춰. 꿈이 말했다. 반복이 중요해. 같은 장소에 다르게 있어봐. 너 자신을 바꿔. 장소가 아니라.

엄지손가락을 빙빙 돌리는 동작도 질리도록 오래 하면 노동이라고 부를 수 있겠지. 노동이라고 부를 수 없는 일은 진정한 노동뿐이다. 모든 소리를 잠재우고 진정한 고요 속에서 일하며 누군가가 들을 가치가 있는 이야기를 쓰기. 하지만 과연 무엇이 가치 있을까?

나는 종일 앉아서 수박 한 덩이를 바라보고 싶을 따름이다. 수박을 품에 안고 얼러주고 싶다. 수박에게 노래를 불러주고, 끙끙

대며 안고 다니고 싶다. 백년 만년 잠만 자고 싶다. 어쩌면 나는 아이를 갖고 싶은지도 모르겠다. 하지만 아이를 간절히 소망하는 사람과, 특히나 나와 아이를 갖기를 소망하는 사람과 함께 시도하고 싶다. 다른 남자와 사귀어보고 내가 정말로 아이를 원하는지 알아내고 싶다. 마일스처럼 자기가 원하는 바를 뚜렷이 알고 강력하게 추진하는 사람 옆에서는 내가 무엇을 원하는지 알아내기 어렵다. 나의 마음을 알아내려면 마일스의 생각에서 거리를 두어야 한다.

⌒

내가 예술이나 정치, 로맨스 따위 큰 관념들에 믿음을 잃은 탓에 아이를 갖는 일에 정신이 쏠리지 않았나 싶다. 아이를 키우는 일은 예술 활동이나 개혁처럼 추상적이지 않으니까. 나이가 들며 세상에 익숙해질수록 세상을 바꾸고 싶은 바람이 시들해지는지도 모른다.

그렇다면 내가 아이를 갖는다는 생각은 본질이 회의적일 수밖에 없다. 문학에 드는 회의가 이렇게 표출되는 것일까? 세상에서 예술이 어떻게 취급되는지 보았다. 내가 사랑하는 일은 물론 나 역시 타락할 수 있음을 깨달았다. 아이를 키우는 일도 비슷하지 않을까? 그래서 사람들이 아이를 하나보다는 더 원하는 것일까? 아기가 자라면서 태어났을 때의 완벽한 순수함과 깨끗함을 잃고 때가 탄다. 예술도 마찬가지다. 시작에 예술과 예술가는 완벽히 순수하다. 그러나 세상에 나와 사람들 손을 타며 타락하고, 예술가는 초심을 잃는다.

내가 아이를 낳을지 말지 고민한다는 사실은 사람의 신념이 요지부동이 아님을 증명한다. 내가 가려는 길보다는 아이를 낳아 기르는 삶이 쉽겠지. 마음이 원하는 방향과 다른 길을 택한 적이 한두 번도 아니지 않은가? 철저히 거짓된 삶으로 뛰어들어 보면 어떨까? 나 자신을 위해서. 그러니까, 그냥 아이를 낳자. 그러나 나는 여기서 멈춰야 한다. 거짓된 마음으로 한 사람을 세상에 내보낼 수는 없다. 내게 적어도 그 정도 도덕성은 있다—한 줌의 올곧은 마음. 아이를 키우는 일은 내가 평생 꿈꾼 모든 것에 반하는 일이요, 내가 할 수 있고 즐기는 모든 것의 반대인 일이다.

삶에서 자신의 이상을 끝까지 추구할 수 있을까. 하지만 다른 한편으로, 변화가 늘 나쁘지는 않다.

〰

아이를 갖는 일은 곧 필멸의 육신에 불멸의 영혼을 가두어둔다는 뜻이므로 부도덕하다고 할 수 있을까?

아니다

필멸의 육신에 불멸의 영혼을 가두어두면 좋은가?

237

그렇다

그래서 불멸의 영혼이 배울 수 있게?

그렇다

하지만 인간의 육신에 갇힌 불멸의 영혼이 때로는 퇴화해서 더욱 무지해질 수도 있을까?

그렇다

모든 인간이 이 불멸의 영혼을 공유하나?

그렇다

내 속 불멸의 영혼이 무언가를 배우면 타인 속 불멸의 영혼도 같이 배울까?

그렇다

그럼 누군가의 불멸의 영혼이 무지해지면 내 불멸의 영혼도 같이 무지해진다는 뜻이다. 따라서 우리의 선택과 행동이 무척 중요하다. 어떤 사람은 아이를 낳음으로써 더 무지해지기도 할까, 그가 아이를 갖지 않았으면 더 지혜로워졌을 텐데?

그렇다

내가 그런 경우일까? 아이를 가지면 내 속의 영혼이 무지해질까?

아니다

지혜로워질까?

아니다

238

별로 달라지지 않을까?

그렇다

〜

아이를 갖는 일을 생각할수록 아직 태어나지도 않은 아이의 이미지가 견고해진다. 내가 이 글을 써나갈수록 태어나지 않은 아이가 실재성을 갖는다. 실재하지 않는 형상이자 삶을 거부당한 아이인데. 어쩌면 이 아이는 부정당함으로써 생명을 얻는지도 모른다. 삶의 반대 의미로 살아 있는 아이. 태어난 적 없는 아이. 이렇게 글을 씀으로써 내가 아이를 갖게 된 것은 아닐까. 계속해서 부정함으로써 아이를 세상에 데려왔다. 언어 속에서 존재하는 것만으로도 충분한 아이를 창조했을까.

어머니가 되는 일과 비교하면 글쓰기가 몹시 사소하게 느껴진다. 영혼의 모든 틈과 구석을 속속들이 채워주지 못할 것 같다. 어쩌면 사실일지도. 하지만 어머니가 된다고 영혼이 빈틈없이 채워지리라는 보장이 있을까?

〜

스무 살에 나는 문학 토론의 패널로 참가한 작가들을 보았다. 여성 작가와 남성 작가가 섞여 있었다. 그들은 글쓰기가 중요하기는 하지만 아이가 훨씬 중요하다고 말했다. 그 말을 듣고 실망했다. 그들이 진정한 작가로 여겨지지 않았다. 나는 그들처럼 되고 싶지 않았다. 글쓰기보다 중요한 일은 없기를 바랐다. 작가라는 사람들이 글쓰기를 우선시하지 않는다니, 믿을 수 없었다.

하지만 니이가 들며 다른 걱정거리가 생겼다. 어머니가 되어보지 않고서도 내가 충분히 좋은 작가가 될 수 있을까? 인간의 경험을 글로 오롯이 담아낼 수 있을까? 삶에서 매우 의미 있는 일 중 하나라고 점차 여겨지는 그 경험을 해보지 않은 채로?

～

어젯밤에 친구들 몇 명이 집에 놀러 왔는데, 분위기가 상당히 우울해졌다. 한 친구가 여자는 사십 대에 들어서는 순간 자신이 이제껏 남자에게 의존하지 않았다면 할 수 있었을 일들과 경험해볼 수 있었던 삶을 갑자기 깨닫는다고 했다.

다른 친구는 이렇게 말했다. 내게 남은 것은 원칙밖에 없어. 친구는 마흔 살에 결혼했다. 상대가 영혼의 짝이 아니라고 느꼈지만 어떻게든 잘 살아보기를 바랐다. 아이를 원했기 때문이었다. 사귀고 얼마 되지 않아 결혼하고 아기를 낳았지만, 이 년 만에 이혼했다. 친구의 어머니가 한번은 이렇게 물었다고 한다. 영혼의 짝과 아이 중에 고를 수 있다면, 무엇을 선택하겠니? 친구는 둘 다 원한다고 대답했다.

그 질문을 잠시 생각해보았다. 솔직히 말하면 나는 영혼의 짝을 택하겠다.

⌒

마일스의 딸이 우리 집에 올 때마다 나는 조심하라고 스스로
에게 이른다. 마일스의 딸과 지내는 경험이 내가 아이를 가지면
어떨지 암시하지 않는다고 되뇌인다. 나의 아이는 그 아이와 전
혀 다른 인격체일 것이다. 또한 다른 일에 미련 없이 자식을 키
우는 데 헌신한 그 아이의 어머니가 아니라 내가 키울 테니까.
마일스의 딸이 어김없이 자기 어머니에게 돌아갈 때마다 내가
그 아이와 보내는 시간은 어머니가 되는 일과 딴판임을 새삼 실
감한다. 어머니로서의 삶은 끝이 없다. 나는 그것이 가장 두렵
다. 아기를 태운 유아차를 밀고 가는 사람을 볼 때마다 나는 엄
청난 피로를 느낀다. 아직도 키울 날이 한참 남았구나!

인간은 태어나서 대략 여든 해를 일하고 고생하며 아등바등
살아간다. 그런 삶을 누군가에게 떠안길 만한 좋은 이유가 생각
나지 않는다. 내 마음속의 갈등을 해소하거나 삶을 두루 경험하
고 싶은 호기심을 충족하겠다고, 혹은 친구들 사이에서 소외감
을 느끼기 싫다는 이유로 한 사람을 세상에 내보낼 수는 없다.
나의 부모가 내게 준 삶보다도 부족한 삶을 나는 아이에게 주고
말 터이다. 자기는 아이에게 더 나은 삶을 주리라고 믿는 사람들
의 자신감은 어디서 나올까?

에리카가 말했다. 우리 부부는 나중에 후회하지 않으려고 아이를 낳았어. 하지만 자기가 후회하고 싶지 않다고 한 사람을 세상에 내보내는 일이 과연 옳은지 나는 모르겠다.

반대로 나는 아이를 낳으면 후회할 것이라고 늘 생각했다. 아이를 낳지 않았을 때보다 더 후회할 듯했다. 어머니가 되는 달콤한 상상 속에서 나는 늘 아이를 다 키운 어머니라는 사실을 소홀히 보아 넘기지 않았다. 상상 속의 나는 독립하는 아이들을 떠나보내며 현관문에서 미소를 띤 채 손을 흔들고 있다.

일 년 전에 쓴 일기를 방금 읽었는데 오늘 썼다고 해도 믿겠다. 아무것도, 정말 아무것도 변하지 않았다! 어떻게 이럴 수가! 지난 수년간 아이를 갖는 일을 고민하며 이 주제로 수백만 글자를 썼는데, 여전히 처음과 비슷한 심정으로 어찌할 바를 모르고 갈팡질팡하고 있다. 이성적으로 헤아리고 깊이 사유하고 나의 욕구를 분석해보았는데도 모두 허사였다.

이 고민의 해결책은 하나밖에 없다는 생각이 들 때도 있다. 아이를 갖는 것이다. 아이를 갖지 않겠다고 굳게 다짐한 뒤에도 임신 가능성은 유령처럼 늘 머리 위에 떠 있을 테니까. 혹은 삶의 조건이 달라지며 아이를 원하게 될 수 있으며, 아이를 실제로 낳지 않더라도 훗날에 내 결정을 후회하게 될지도 모르지 않는가.

그러나 이 생각을 하지 않을 수 없다. 내가 정말로 아이를 원했으면 지금쯤 낳지 않았을까? 적어도 시도는 하지 않았을까. 내면에 또 다른 자아가 숨어 있는 듯한 기분으로 계속해서 살 수는 없는 노릇이다. 내가 아는 나 자신을 최우선으로 해도 괜찮다는 자신감이 언제야 생기려나?

관점을 새로이 하자. 정말, 이제는 그럴 때가 되지 않았나! 나는 스스로 큰 불행을 자초한다. 나보다 훨씬 생각의 폭이 넓은 사람이 나와 같은 고민을 하고 있다고 상상해보고, 그처럼 생각의 폭을 넓혀보자. 답을 알고 싶지 않은 질문을 스스로에게 던지지 말기. 마일스가 말했다. 우리한테 의자를 판 남자에게 왜 그 의자를 파냐고 묻지 않았는데, 이유를 알고 싶지 않았기 때문이라고. 그 남자는 다정하고 푸근해서 호감이 가는 좋은 사람이었다. 남자가 사는 조그만 아파트의 모든 벽에 아이들의 사진이 걸려 있고 찬장과 문에 잔뜩 붙어 있는 팻말에는 이렇게 적혀 있었다. 긍정적으로 생각하기.

⌒

아이를 낳는 문제 때문에 이처럼 골치를 앓기 전의 삶이 생각난다―희미하게. 나의 미래가 아이를 갖는다는 가능성이나 아이를 갖지 않는다는 상실감으로 얼룩지기 전이다. 에리카는 내가 내심 아이를 원하는 것 같다고 했다. 그게 사실일까?
아니다
왜 아니라고 하지? 네가 뭐라도 아는 게 있는 거 같아?
그렇다
뭘 아는데? 내 속마음을 알아?

그렇다

너는 네 대답을 기억이나 해? 어느 질문에 무어라 답했는지?

그렇다

이걸 글쓰기라고 부를 수나 있으려나?

아니다

무작위로 나오는 답은 무용하고 도움이 되지 않아! 아무런 논리 없이 되는대로 믿느니 차라리 아무것도 믿지 않는 편이 낫지. 자신의 행동과 삶을 다스리는 원칙의 토대를 쌓아야 해. 무작위하고 무질서한 판단이 때로 진실한 답을 주기도 하지만 또 그만큼 어처구니없는 결론으로 이어질 수도 있으니까. 우리는 오직 두려움 때문에 인간관계를 지나치게 분석하고, 오직 자신의 삶을 통제하고 싶은 욕심 때문에 미지의 세계에 지나치게 파고들어. 알 만한 가치가 있는 것들은 결코 알 수 없는 법이야. 시시각각 변하는 기분에 인생을 맡겨서는 안 되는데, 삶이라는 것이 원래 우리의 기분을 들었다 놓았다 하잖아. 인간은 서로에게 의존하며 살아가고 삶에는 너무도 필요한 것이 많아. 삶의 중요한 과제는, 정신적인 것과 물질적인 것의 경계를 허물어 극복하고 마침내 완전한 자신을 찾는 일이야. 악령-천사에게 축복을 구하고 나머지는 잊어버려야 해.

우리에게 의자를 판 남자의 아파트는 썰렁했다. 벽은 하얗고 가구는 거의 없었다. 마일스가 차에 의자를 실을 때 남자가 말하기를, 자기는 신발이 한 켤레만 있어도 새 신발을 받지 않겠다고 했다. 남자는 다른 사람들이 대도시로 이사하고 남의 부러움을 살 만한 경력을 일구고 차와 가구 따위를 사고 인맥을 넓히며 인생을 쌓아 올리려 버둥거리는 모습을 보았다. 욕망이 삶을 쌓아 올리죠. 그가 경고했다. 남자는 자신의 욕망을 좇다가는 그 욕망이 쌓아 올린 것에 깔려 자아가 흔적도 없이 묻혀버릴지도 모른다고 두려워했다.

욕망이라는 퍼즐 속에서 어떤 이들은 기회가 오기만을 기다리고 또 어떤 이들은 마음을 비운 채 살고 있다. 자기 삶을 꽉꽉 채우고 싶어 하는 사람들이 있고, 진정 중요하지 않은 것은 모조리 털어내고자 하는 사람들이 있다.

무엇이 당신에게 동기를 부여하나요? 내가 물었다. 남자는 답했다. 그런 건 없습니다. 나는 아주 간소한 삶을 살고 있어요. 일하고 저녁을 먹은 뒤에 잠자리에 들죠. 모험 따위에는 관심 없습니다.

～

집으로 돌아가는 길에 차에서 마일스가 말했다. 아이를 키우는 일이 고되기는 하지만, 순전히 자기 욕심으로 벌인 일인데 왜 고귀한 희생으로 여겨지는지 모르겠어. 번잡한 사거리에 커다란 구덩이를 판 다음에 그걸 메우면서 이렇게 선포하는 거나 다름없어. 지금 이 순간에 이 구덩이를 채우는 것만큼 내게 중요한 일은 없어요.

～

이 책에 쏟는 시간이 길어질수록 내가 아이를 가질 가능성은 줄어든다. 그래서 이 책을 쓰고 있나. 아이 없이 홀로 설 수 있는 저 바다 너머로 가려고. 이 책은 내게 피임 기구와 마찬가지다. 아이라는 현실과 나 사이에 세우는 장벽. 이 책이 아이 갖는 일을 더는 고민할 필요가 없는 곳으로 나를 멀리 싣고 갈 뗏목이 되어줄지도 모른다. 나를 그곳에 데려가줄 구명 뗏목. 그것이면 충분하다. 웅장하고 거대한 선박은 필요 없다. 나를 저기 바다 너머로 데려가주기만 한다면, 그다음에는 산산이 조각나도 상관없다.

최근 들어 월경이 불규칙해졌다. 불과 일 년 전만 해도 이십팔 일 주기를 꼬박꼬박 맞추었는데. 요즘은 이삼일씩 늦거나 빠르다. 생식 능력과 더불어 다른 능력들이 감퇴하는 현상을 목격하며 서글픈 마음이 든다. 시간이 얼마 남지 않았다.

시간은 늘 여성에게 제약을 건다. 이와 달리 남자들은 시간의 구속이 미치지 않는 영역에 존재하는 듯하다. 남성의 세계에는 시간이 없고 공간만 있다. 시간이 아닌 공간의 세계에서 사는 것을 상상해보라! 공간에 성기를 삽입한다. 성기가 크면 클수록 공간은 더욱 아늑하게 느껴질 것이다. 성기가 매우 크다면 그의 공간은, 그리고 삶은 과연 참으로 아늑하겠지. 성기가 아주 작다면—성기가 작은 남자에게 이 우주는 얼마나 아득한 미지의 공간일까! 하지만 성기가 흔히 볼 수 있는 크기라면 세상에 별로 두려울 것이 없을 터이다. 여자에게는 문제가 다르다. 열네 살짜리 여자아이는 강간을 당하고 임신할 시간이 차고 넘쳐서 미다스의 손을 지닌 것이나 다름없다. 여자의 삶에 주어진 시간은 대략 삼십 년이다. 열네 살에서 마흔네 살까지 서른 해 동안 모든 것을 해내야 한다. 남자를 찾고 아이를 낳고 일자리를 구하고 경력을 쌓고 질병을 피하고 평생 모은 적금을 남편이 도박으로 날려버릴 수 없도록 자기만의 통장에 돈을 모아야 한다. 삶을 제대로 꾸려나가기에 삼십 년은 너무도 부족하다! 모든 것을 해내기에는 터무니없이 부족하다. 내게 주어진 시간을 딱 한 가지에 투자하면 훗날에 바로 그 선택을 후회하며 자책하겠지. 이렇게 생각할 날이 올 것이다. 쉼표나 찍으면서 인생을 낭비했어? 여성의 삶에 시간이 어떤 제약을 거는지 내가 그토록 무지했음에 놀랄 것이다. 시간이 여성의 삶을 쥐고 있는 줄 몰랐다니. 내가 그 무엇보다 먼저 그리고 본질적으로 여성이라는 사실에서 눈을 돌린 탓에 등한시한 일들을 생각해보라.

시간이 아닌 공간의 세계에서 살고 싶은 여자들이여, 그대는 우주가 어떤 선물을 준비해놓았는지 보게 되리라. 나도 보게 될까? 그렇다, 둘러보아라. 하지만 어떤 여자들은 행복하잖아! 행복하지 않은 여자들도 있다. 내가 행복한 여자가 될지 불행한 여자가 될지 어떻게 알아내지? 그것을 깨달았을 때는 이미 늦었다.

내가 어렸을 때 어머니가 말했다. 우리 집안에서는 늘 여자들이 두뇌였단다. 그래서 나도 두뇌가 되고 싶었다. 종이 위의 글자가 되고 싶은 바람뿐이었다.

～

어린 시절에 우리 집의 피아노 위에는 어머니가 액자에 끼워 놓은 사진이 올려져 있었다. 어머니 친족 가운데 생존자들이 담긴 유일한 사진이다. 사진 속에서 외할머니는 열두 살이다. 할머니는 자기 부모님과 남동생들과 사진관에 서 있다. 다들 비쩍 말랐고 무표정하다. 어찌나 가난했던지 남자아이들은 맨발이라서 사진사가 사진에 신발을 그려 넣어야 했다. 가느다란 회색 선으로 신발 끈과 구멍과 가죽을 표현했다. 할머니의 얼굴은 나와 판박이다. 열두 살의 할머니와 열두 살의 나는 같은 아이라고 해도 믿겠다.

어렸을 때 나는 외모가 이처럼 닮았다면 내가 할머니의 또 어떤 점을 물려받았는지 궁금해했다. 우리가 비슷하게 생각하고 느꼈을까? 할머니가 죽고 내가 태어나기 전 몇 년의 공백 동안에 할머니의 영혼이 나의 몸에 들어와 쉼터로 삼았을 수도 있지 않을까?

어머니는 할머니를 도저히 기쁘게 할 수 없었다. 할머니의 성이 찰 만큼 좋은 성적을 내거나 뛰어난 지성을 보이지 못했다. 남들보다 오십 배는 열심히 노력했다. 할머니의 꿈을 대신 이루고자 했다. 어머니는 평생 자기 어머니를 위해 살았다. 할머니가 죽은 뒤에도, 자기가 어머니가 된 뒤에도. 어머니는 내가 아니라 할머니를 바라보며 살았다.

⌒

당신은 자기 어머니를 얼마나 넘어서고 싶은가? 딸은 자기 어머니와 아주 다른 여자가 되지는 못한다. 그러니까 마음 졸이지 말고 어머니의 조금 다른 버전이 되어보자. 어머니의 모든 것을 당신 역시 가져야 한다는 법은 없다. 어머니와 딴판인 삶을 살아보면 어떨까? 당신의 어머니와 할머니의 삶에서 되풀이된 패턴을 이번에는 조금 다르게 바꿔보자. 사람은 자기 삶을 살아감으로써 그 삶의 당위성을 증명한다. 이런 삶도 있답니다.

그렇게 살아가다 우리의 삶은 끝난다. 그러니까 어머니들이 물려준 영혼이 당신을 통해 새로운 삶을 살아보게 하자. 영생은 없다. 삶은 한 번뿐이다. 그리고 끝난다. 어머니들을 통해 내려온 영혼이 당신 안에서 충만한 삶을 누려보게 하자.

　어머니들에게서 물려받은 영혼의 책임자로서 당신은 이번에는 영혼이 좀 더 편히 살게 해줄 수 있다. 많은 고통을 겪은 영혼을 다정히 보살펴주자. 수세대 만에 영혼은 처음으로 쉴 수 있고 어떤 삶을 살고 싶은지 진정 자유로이 선택할 수 있다. 그러니까 마음을 다해 따뜻하게 대해주자. 이미 너무 많이 고생한 영혼이 쉬게 해주면 어떨까.

오늘은 눈물의 양이 적다. 어제는 가슴속에 꽉 차 있었는데. 그래도 눈 주위가 온통 건조하고 땅긴다.

누군가가 나와 어머니와 할머니를 저주했다. 우리를 저주한 사람은 이제 죽었다. 이 저주 탓에 나는 어머니의 슬픔을 없애주려 하고 있고, 어머니는 자기 어머니의 슬픔을 없애주려고 했다. 할머니의 삶이 너무도 상처투성이였기에 어머니는 자기 어머니의 상처를 아물리는 데 인생을 바쳤다. 우리는 결혼을 통해 행복을 추구하지 않는다. 아이들에게서 행복을 얻으려 하지도 않는다. 우리는 일에 매달리고, 자기 어머니의 슬픔을 덜어줄 방법을 모색한다.

할머니는 자기 딸이 슬퍼하거나 자기 슬픔이 손녀에게 전해지기를 바라지 않았을 텐데. 할머니 같은 삶을 살아본 사람이라면 그 누구도 자기 가족이 그런 슬픔을 물려받기를 원하지 않았을 터이다.

강제수용소에서 할머니가 겪은 일을 딱 하나 더 알고 있다. 할머니와 같은 막사에서 지낸 여자들은 독일인들이 수용소 주방에서 일할 여자를 구하고 있다는 말을 간수에게서 들었다. 관심이 있는 사람은 자원하라고 했다. 할머니는 자원했다. 훗날에 할머니의 남편이 될 남자가 전쟁 전에 사귀었던 여자를 포함해 막사 여자들 모두 자원했다.

그때 독일 병사가 할머니에게 소리쳤다. 넌 안 돼. 그는 거칠게 할머니를 때렸고, 할머니는 무리에서 뒤처졌다. 할아버지가 예전에 사귀었던 여자가 뽑혔다. 할머니는 다시는 그 여자를 보지 못했다. 시간이 흐른 뒤에 할머니는 뽑힌 여자들 중 단 한 명도 주방에서 일하지 않았다는 사실을 알게 되었다. 그들은 독일인 군대에 끌려가 병사들에게 강간당하고 총살당했다.

이 이야기를 듣고 자란 나는 한 집안의 대가 끊기는 순리에 묘한 감정을 품게 되었다. 마치 우리 집안이 거기서 끝날 운명이었는데, 그 운명을 어찌어찌 피하기는 했으나 완전히 탈출하지는 못한 것처럼 느꼈다. 총에 맞은 사람이 몇 발짝 더 비틀거리며 나아가다 쓰러지듯이. 내게 삶은 늘 그렇게 느껴졌다. 총알이 몸을 관통한 뒤에 피를 뚝뚝 흘리며 비틀비틀 내딛는 마지막 몇 걸음.

일어날 수 있었던 일들과 일어나지 않을 수 있었던 그 모든 일들을 생각하면 나는 어머니와 할머니의 유전자가 분리되고 복제되는 정도로 만족할 수 없다. 그들의 삶에 의미를 부여하고 싶다. 죽지 않을 아이를 창조하고 싶다. 이야기를 할 수 있고 이야기를 이어나갈 몸체를 창조하고 싶다. 총으로 쏘거나 불사를 수 없는 몸체를 창조하고 싶다. 책을 마지막 한 권까지 다 태울 수는 없다. 책은 그 어떤 살인자나 범죄보다 강력하다. 어떤 인간보다 강한 생명체를 창조하자. 너무도 연약한 한 인간의 몸이 아니라, 수많은 몸을 통해 살아갈 생명체를 창조하자.

책은 그것을 읽은 모든 사람들 마음속에서 살아 숨 쉰다. 책은 짓밟아서 끌 수 없다. 할머니는 수용소에서 달아났다. 살고자 달아났다. 나는 할머니가 모든 사람 속에서 살기를 원한다. 내 다리 사이에서 나온 사람 한 명 속에서만이 아니라.

나는 아이를 낳을 여유가 없다. 그럴 시간이 없다. 어머니는 자기 어머니의 삶이 가치 있었음을 증명하려고 살았다. 할머니를 위해서, 할머니의 삶에 의미를 부여하려고 살았다. 내가 아니라 할머니를 바라보며 살았다. 나 역시 아들이나 딸이 아닌 어머니를 보고 있다. 우리는 각자 자기 어머니의 삶에 의미와 아름다움을 더하고자, 삶이라는 것을 이해하고자 우리 사랑의 방향을 과거로 돌렸다.

어머니가 되는 일은 곧 자기 어머니를 기리는 일인지도. 많은 사람이 어머니가 됨으로써 자기 어머니를 기린다. 아이를 낳음으로써 기리고, 자기 어머니가 한 일을 따라 함으로써 기린다. 자기 어머니의 발자취를 더듬고 그 삶을 기리며 그들은 어머니가 된다.

나 또한 어머니를 따라 하고 있다. 손주를 안겨줌으로써 자기 어머니를 기리는 사람보다 조금도 뒤지지 않게 나는 나의 방식으로 어머니를 기린다. 내가 어머니를 기리는 방식은 조금도 모자라지 않다. 나는 어머니와 같은 이유로 어머니가 한 일을 한다. 열심히 일해서 어머니의 삶에 의미를 부여한다.

좋은 어머니가 되는 것과 좋은 딸이 되는 것은 어떤 면에서 다를까? 실질적으로는 많이 다를지 몰라도 상징적으로는 차이가 없다.

⌒

할머니는 자기 딸과 손녀가 행복하기를 바라지 않았을까? 우리가 삶의 과업을 마치고 나면? 어머니는 올해 여름에 은퇴했는데, 초등학교 일 학년 때부터 육십 대 말까지 쉬지 않고 열심히 일한 끝에 은퇴했다. 어머니는 목표를 달성했다. 자기 어머니가 그려준 삶의 행로를 어긋남 없이 밟았다. 따라서 어머니는 마음이 편하고 행복해야 마땅하지만 그렇지 않다. 자신의 사명을 완수했으나 지금도 그 여파에 시달리고 있다. 어머니는 천국에서 자유를 누리고 있어야 마땅하다. 천국이라는 곳이 우리가 인생의 사명을 완수한 뒤에 모든 의무에서 자유로워지는 곳이라면 말이다. 사명을 수행하는 중에는 행복할 수 없다. 행복은 사명의 반댓말이다. 행복은 기다려야 할 것이다.

월경

오늘 나는 모든 것을 떠나서 울고 싶을 따름이다. 월경하기 이틀 전인데, 화가 잔뜩 난 채로 잠에서 깨어나 마일스와 말다툼을 했다. 가슴에 슬픔과 소망이 가득하다. 모든 것이 눈물을 자아낸다. 마일스가 눈물을 자아낸다. 그러나 정신에 가해지는 압박이 없이는 정신도 있을 수 없겠지. 내가 호르몬의 영향으로 슬프나?

그렇다

월경으로 인해 무엇 하나라도 얻는 게 있으면 좋을 텐데. 하나라도 이점이 있을까?

그렇다

다른 사람들에게서 거리를 두게 되는 점?

그렇다

또한 나는 월경할 때 더욱 예민해진다. 사람들을 피하고 싶은 마음과 예민함 모두 글쓰기에는 도움이 된다. 나는 그 언제보다 월경 기간에 글을 많이 쓴다. 묘하게 처량한 노래를 울리는 저 아이스크림 트럭을 죽여버리고 싶어! 끔찍한 포르투칼 비가(悲歌) 같아. 내일 밤쯤에는 기분이 나아질까?

그렇다

지금쯤이면 벌써 나아졌어야 하는데! 사실 어제부터는 기분이 정상으로 돌아왔어야 한다. 마일스와 싸우는 바람에 우울한 기분이 오래가고 있다. 사람들은 왜 이렇게 파트너와 충돌할까? 그 이유를 알아낸 사람이 있을까?

그렇다

여자가 찾았을까?

그렇다

남자도 적당한 답을 찾았을까?

그렇다

남자의 답은 한마디로 여자를 탓하는 것이었나?

그렇다

여자의 답도 남자를 탓하는 것이었나?

아니다

여자는 스스로를 탓했을까?

그렇다

남자는 여자의 심약함을 탓했을까?

그렇다

그리고 여자는 죄책감에 빠져 자책했을까?

그렇다

여자가 죄책감에 빠져 자책하지 않았으면 상황이 여자와 남자 모두에게 더 나은 쪽으로 풀렸을까?

그렇다

잠깐, 그렇다면 내가 심약한 게 문제인가?

그렇다

⤻

오후가 다 가도록 마일스에게 연락이 없어서 초조하고 공황에 빠져 있었다. 그가 나를 영영 떠나리라는 생각, 내가 상황을 제대로 파악하지 못하고 있다는 생각, 그가 화가 났다는 생각에 두려움으로 가슴이 떨린다. 하지만 내가 잘못하지 않았다면 그가 화가 났을지도 모른다고 이처럼 마음 졸일 이유가 없지 않을까? 그런데도 불안해서 가슴이 미친 듯이 뛴다.

나는 그를 기쁘게 하고 싶은 바람뿐인데 내게 그럴 능력이 없다는 자괴감이 자꾸만 들고, 그의 행동이 내가 생각하는 사랑의 표현과 일치하지 않으면 화가 치민다. 우리 관계가 점차 나아질지, 아니면 구제불능인지 알고 싶다. 우리가 서로를 매우 아낀다 해도 끝내 실패할지도 모른다. 마일스 전에 만난 남자들에게 미안하다. 한 번도 그들의 감정을 고려하지 않았으니까. 나는 남자를 만날 때마다 그의 인간성을 내가 감당할 수 있는 크기로 잘게

263

조각내고는 하는데, 이러면 정말 안 된다.

싸우느라 지칠 대로 지쳤다. 얼마 안 가 헤어지거나, 그가 나를 떠나지 않을까. 하릴없이 이별을 받아들여야 하는 처지가 될까 봐 두려워 내가 먼저 끝내고 싶다. 하지만 나는 마일스가 내 곁에 머물며 나를 사랑해주기를 바란다. 나를 떠나지 않았으면 좋겠다! 나를 더욱 사랑해줄 다른 남자를 만나고 싶다. 아니, 내게는 마일스뿐이다.

하지만 가슴속에서 요동치는 이 두려움을 어찌할는지!

⌐

어떻게 살 것인지 고민하다 잠들었다가 한밤중에 일어났는데, 이 구절이 꿈에서 생시까지 나를 따라왔다. 삶에서 더 많은 의미를 찾으려면 자기 자신을 통제해야 해.

말은 쉽지. 마일스가 나를 깨우고는 세인트로렌스마켓에서 필요한 것이 있느냐고 물어봤다. 토마토 캔을 사달라고 했다. 그러자 마일스는 일주일 전에 자기가 토마토소스를 만들었는데 내가 안 먹어서 결국 버리지 않았느냐며 화를 냈다. 마일스가 나간 뒤에 나는 울었다.

⌐

장거리를 들고 현관문으로 들어오는 마일스를 보고 나는 우리가 실제로 삶을 공유하고 있음을, 내가 상상으로 빚어낸 삶이 아니라는 사실을 뼈저리게 느꼈다. 그래서 앞으로는 우리 사이가 나아질 것이라고 마일스에게 말했지만 그는 미심쩍어했다. 나도 내 말을 믿지 않는다. 나는 감정을 통 조절하지 못하니까. 더구나 그가 내 마음을 아프게 하면 나는 되갚아주려고 한다.

아픔 없이는 깨달음을 얻을 수 없다.

아픔이 문을 연다.

⌒

아픔을 대하는 가장 단순한 방법은 그것이 기회라고 스스로를 속이는 것. 게임이라고 생각하면 조금 덜 괴로울지도 모른다. 마치 내가 선택해서 집은 것이므로 가지고 놀다 내려놓을 수도 있다는 듯이. 아픔을 사유함으로써 실재가 아닌 관념으로 분류하기. 하지만 아픔은 상상의 산물이 아니다. 생각이 깊은 사람이나 꾀가 많은 사람이나 매우 현명한 사람들도 아픔을 피할 수 없다. 사는 곳을 떠나도 피할 수 없으며 연달아 다른 연인을 만나도 피할 수 없다. 술을 마셔도 피할 수 없으며 감사 목록을 만들어도 피할 수 없다. 아픔을 피하고자 이런저런 일을 벌이다 멈춘 순간 아픔이 제자리에서 기다리고 있음을 발견할 것이다. 하지만 깨달음도 온다. 우리에게는 견딜 수 있을 만큼의 아픔만 주어진다고. 컵 주둥이에서 찰랑이지만 끝끝내 넘치지 않는 물처럼.

어젯밤 꿈에 세 남자가 나왔는데, 남자들은 각자 마일스와 전 남자친구와 뉴욕의 남자를 상징했다. 전 남자친구를 쳐다보았다. 우리 관계가 단순하게 느껴졌고, 아무런 반대도 없었다. 뉴욕 남자를 쳐다보았다. 천사가 내게 이 남자는 제법 괜찮지만 상습 바람둥이라고 말해주었다. 그래서 뉴욕 남자는 탈락시켰다. 천사는 나를 위해 마일스를 만드는 데 가장 공들였다고 말했다. 내가 우리 사이에 마찰이 있다고 하자 천사는 동의하며 말했다. 마찰이 있어서 좋지 않았어? 마찰이 중요한 성분이었어. 가까이서 지성의 속삭임이 들려왔다. 너를 위해서 이 사람을 만들었는데 왜 그를 거부하니?

스스로에게 꼭 물어볼 것. 내가 겪고 있는 아픔이 기질적인가? 기질적인 아픔과 기질적이지 않은 아픔, 기질적인 괴로움과 기질적이지 않은 괴로움, 그리고 기질적인 외로움과 기질적이지 않은 외로움이 있다. 어떤 괴로움은 뼛속 깊은 곳에서부터 익숙하다. 반대로 어떤 괴로움은 나에게 일어나서는 안 되는 일처럼 낯설기만 하다.

내게는 무엇이 기질적일까? 마일스와 함께하면서 느끼는 아픔, 아니면 마일스와 함께하지 않아서 느끼는 아픔? 자식으로 인해 겪는 괴로움, 혹은 자식이 없어서 겪는 괴로움? 스스로에게 질문을 던지면 답은 극명하다. 마일스와 함께해서 겪는 아픔과 자식이 없어서 겪는 괴로움이 내게 적합하다. 우리는 모두 자신에게 속하는 고통을 알아본다. 모든 삶에 특정한 고통이 딸려 있다. 마일스 전에 만난 남자들과는 이렇게 기질적인 아픔을 겪지 않았다. 마일스와 함께해서 겪는 아픔은 의미가 있는 듯하다. 이 아픔은 무언가 중요한 것을 잉태하고 있는 듯하다.

실로 마일스가 길을 터준 덕에 나는 본질에 가까워지고 존재의 뿌리에 이르러 가장 진실하고 고유한 것들을 가까이 두고 산다. 마일스가 의식적으로 하는 행동이라고는 생각하지 않는다. 무어라고 콕 집어 말할 수도 없다. 어쩌면 이것은 영원한 무언가를 찾는 여정에 지나지 않을지도.

〜

내가 살아볼 수 있는 삶이 여럿 있다고 나는 늘 믿어왔고, 그 삶들은 벽난로 선반 위의 인형들처럼 내 머릿속에 가지런히 늘어서 있었다. 날마다 그것들을 하나씩 선반에서 집어 먼지를 털고 모양을 살펴보고 비교했다. 그 삶들은 나의 실제 삶만큼이나 세세하고 그럴듯했다. 그 삶들 중 하나가 현실로 이루어질 가능성은 내가 지금 삶을 살게 된 가능성에 전혀 뒤지지 않으며, 그중 하나를 선택하면 선반에서 인형을 바꾸는 것만큼이나 간단히 새로운 삶을 시작할 수 있으리라 믿었다.

어쩌다 내가 삶을 인형으로 착각했을까? 현실에서 도망쳐 다른 삶을 선택하더라도 결국에는 새롭지 않은, 지금 삶의 연속에 지나지 않으며 나 역시 달라지지 않을 터이다. 냉철하게 이성적으로 사고하지 않고서는 인정하기 힘든 사실인데, 나는 그렇게 이성적이지 못하다.

마음속의 선반 위에 올려진 삶에는 지금 삶의 유골이 들어 있지 않았다. 슬픔도, 선택의 결과도, 새로운 삶에 대한 불안도 들어 있지 않았다. 이 삶들을 두고 깊이 사유했다는 말은 아니다. 하나의 집착일 뿐이었다. 선반 위의 삶들이 마치 내가 유일하게 붙들 수 있는 동아줄인 양, 그것들을 포기하고 나면 내가 어둠 속에 빈손으로 남을까 봐 두려워하듯 나는 상상 속에서 그것들을 세심히 돌려 보고 먼지를 거듭 털었다.

때로 우리는 삶에서 가장 빛나고 좋은 것들에게서 기꺼이 달아나는데, 저기 밖에는 무엇이 있나 궁금해서이다. 과연 밖에 무엇이 있을까? 어느 방향을 보든 결국 똑같다. 어느 방향으로 돌아서건 지금 보고 있는 삶과 다를 바 없다. 지금과 똑같은 삶이 당신을 보고 있다.

다른 삶에 환상을 품지 않는 마일스는 이런 나를 이해하지 못한다. 시간 낭비야. 마일스는 말했었다. 실제로 어떤 행동도 취하지 않을 거라면….

하지만 어떤 면에서 그는 좀 더 쉽게 살았다. 자기가 원하는 바를 정확히 알고 그것을 추진하는 남자에게 삶은 늘 더 쉬운 법이다. 마일스가 나를 자신과 비교하는 것 자체가 불공정하다. 내가 나 자신을 설명하려 할 때마다 마일스는 말한다. 그럼 그냥 해, 못할 이유라도 있어? 정확히 무어라고 말하기 어렵다. 사실 나는 자유롭기 때문에 행동을 취하지 못하는 것이다. 드넓은 무(無)의 세계로 나가기를 주저하는 것이다. 나만의 의미를 만들기를 저어하는 마음이다. 형편없다고, 어리석다고 비웃음을 당하고 내쳐질까 봐. 세상 그 누가 배척되고 싶겠는가. 인간이 살 곳은 하나뿐이다. 위대한 사상가가 말했다. 문명의 품속뿐이다.

문명 밖으로 나갔다가는 곰에 발기발기 찢길 터이다.

삶을 통째로 뒤엎고 싶다고 인정하자마자 내가 진심으로는 그것을 원하지 않는다는 사실을 갑작스레 깨닫는다. 늘 이랬다. 나는 떠나고 싶은 목마름을 원하지만 정말 떠나고 싶어 하지는 않고, 다른 삶에 환상을 품지만 다른 삶을 정말로 원하지는 않는다. 자기 자신까지 속아 넘어갈 정도로 꿈에 심취하지 말자. 꿈의 나래를 타고 욕망과 갈망의 가장 먼 언저리까지 가되 거기서 멈추자. 환상이란 고무줄을 지나치게 당겼다가 반동으로 인해 현실로 튕겨 오기 전에.

～

마일스는 지금 나를 미워하겠지. 집을 나서는데 공기에서 느꼈고, 길을 걷고 있는 지금도 그 느낌이 나를 에워싸고 있다. 해결 방안을 찾고 집에 가고 싶다. 하지만 마일스가 집에서 나를 그리워하고 있을 것 같지 않다. 나를 미워하고 있을 터이다. 마일스는 내가 자기에게 무관심하다고 하는데, 정말이지 말도 안 되는 소리다! 그는 나의 행동에서 무관심의 증거를 찾거나 내 감정 기복을 증거로 삼는다. 나의 부주의한 행동들을 증거로 대며 내가 그를 아끼지 않는다고 추궁하는데, 나는 내 삶에도 부주의한 사람이 아니던가! 내가 소유한 것들은 물론 나 자신에게도 주의를 기울이지 않는다. 나는 체계적이지 못하다. 무슨 말이나 행동을 할 때마다 그것이 무엇을 암시하는지 매시 매초 생각하며 살고 있지 않다는 말이다!

이 문제에서 벗어나는 길은 하나뿐인지도—출구로 걸어 나가기. 하지만 나는 그 길로 가고 싶지 않다. 잘못된 선택이었다고 나중에 밝혀지면 어쩌지? 마일스가 나를 괴롭히는 사람이 아니라 사실은 구원자였다고? 우리의 관계는 행성 간의 충돌과 유사하며, 충돌하는 과정에서 서로를 망가뜨릴 수 있음을 인정해야 할까. 아니면 내가 달리 접근해야 할까. 조용한 좌절 속에서 수용하는 법을 익히고 주어진 상황에서 기쁨을 찾으며 이 관계에 남기. 점쟁이는 내게 진실을 좇으라고 했다. 하지만 마일스에게는 그 무엇 하나 솔직히 말하기가 어렵다! 허심탄회하게 털어놓는 대신에 나는 침울해하는데, 마일스는 나의 이런 모습을 질색한다. 이 관계를 떠나려면 마음을 강철처럼 굳혀야 할 터이다.

그러니까, 모든 희망을 저버려야 한다. 하지만 난 마일스를 사랑하고 우리는 끈끈하게 얽힌 인연이다. 수많은 면에서 얽혀 있다. 그와 안고 있으면 행복하다. 그의 어떤 부위가 가까이 와서 무엇을 하든 내게는 달콤하기만 하다.

나는 장점과 단점을 동시에 잘 보지 못하는데, 바로 그것이야말로 해결책인지도 모른다. 장점만 보거나 단점만 보는 대신에 매 순간 장단점을 평등히 받아들이자. 내 마음은 때로 얼음처럼 차가우나 또 어떨 때는 지극히 다정하고 따뜻하다. 새해가 밝았으니 올해는 다르게 살아보고 싶다. 망설임에 마침내 마침표를 찍거나, 아니면 적어도 흔들리는 마음을 받아들이고 살기. 마일스가 신뢰할 수 있는 올곧은 사람이 되기. 일상에서 기쁨을 찾기. 하지만 이미 변하기에는 너무 늦었는지도. 그러니까, 나는 중년이다. 중년이라니! 나는 그저 가임기가 지나기를 기다리고 있다. 그러고 나면 다시 삶에서 제대로 선택할 수 있겠지. 혹은 처음으로 올바른 선택을 하거나.

그날이 올 때까지는 마일스와의 잠자리로 돌아가는 수밖에. 내 몸은 감사히 그를 안을 것이다. 정말로 이렇게 단순할 수 있을까? 생각을 그만하고 몸이 시키는 대로 하면 될까? 그에게 다가가면 될까? 그 무엇 하나 확신할 수 없다. 어떻게 하면 다시 내 삶에 확신을 느낄 수 있을까? 내가 마침내 나 자신을 다시 믿으려면, 어떤 두 가지 상반되는 것들이 화합해야 할까?

～

　침대에 누운 뒤에 나는 마일스의 품에 안겨 울었고, 껴안은 채
로 우리는 잠들었다. 이따금 나는 너무도 뜨거운 눈물을 흘리는
데, 단지 내가 그를 얼마나 사랑하고 아끼며 원하는지, 또 그가
내 곁에 없었다면 얼마나 슬펐을지 느끼려고 운다. 마일스가 떠
나면 나는 산산이 부서질 것이다. 상상만 해도 가슴이 미어진
다. 하지만 왜 이런 생각을 하고 있지? 최근에 나는 마치 무언가
에 홀린 듯이 행동하고 있다. 이것은 내가 아니다. 나의 가장 못
나고 불안정한 부분이다. 나의 다른 부분들을 깨워야 한다. 마일
스가 말했다. 나는 우리 관계를 구할 수 있다면야 무엇이든지 할
용의가 있어. 당신 눈치를 보며 사는 일만 빼고. 하지만 눈치를
보며 살고 있는 사람은 내가 아니던가. 꼭 내가 월경하기 직전에
우리가 이렇게 싸운다고 마일스는 우기지만, 나는 그 말이 못 미
덥다. 우리 상황을 해석하는 마일스의 관점을 믿기가 두렵다. 그
의 말이 사실일지라도 나는 믿고 싶지 않다. 정말로 그가 아니라
내가 문제라면 나는 어찌해야 좋을까.

～

　오늘 아침에 잠에서 깨어났을 때 나는 내가 마일스에게 얼마
나 나의 행복을 도맡기는지 깨달았다. 그에게 지나치게 기대해
왔으며 나의 행복을 스스로 책임지지 않은 점도 깨달았다. 우리

삶은 결국 자기 내면을 반영한다는 사실을 인제 알겠다. 삶은 당신 무릎에 앉는다. 내 삶이 그렇게 앉아 있는 것을 보았다.

테레사는 심지어 가장 견고하고 오래가는 관계도 처음에는 숱한 충돌을 겪는다고 말했다. 나는 아무리 괴로워도 마일스와 오래 떨어져 지내고 싶지 않다. 그러므로 나는 그를 사랑하는 것이 분명하다. 우리의 관계를 정의하지는 못해도 사랑함이 틀림없다. 정말로, 사랑은 성장한다. 한 남자가 가족이 된다. 그가 끝까지 곁을 지킨다면, 그는 울음을 터뜨리며 태어난 아기처럼 일종의 우주 물질로서 당신의 삶에서 탄생한 것이나 다름없다. 태어나면서 속하는 가족과 마찬가지로 우주가 맺어준 인연이다. 적어도 나는 마일스를 처음 보았을 때 그렇게 느꼈다. 새로운 생명이 탄생하여 존재가 될 때처럼 우주가 순간 팽창했다고 느꼈다.

어떤 면에서 우리는 사랑을 결코 설명할 수 없다. 이유를 끝내 알 수 없다. 결국에 우리는 사랑의 알 수 없음을, 평생 경험한 무엇과도 다른 그 낯섦을 받아들여야 한다.

⌒

마일스가 너의 짝이라는 사실을 더는 의심하지 말고 인정할 때가 되었어. 사실은 이제껏 줄곧 알고 있었을지도. 인생의 동반자를 찾았으니 일에 매진하고 그의 존재를 감사히 여겨. 마일스가 네 하루를 채워주기를 기대하지 말고, 네 마음대로 하루를 보낼 수 있다는 사실을 고맙게 여겨. 마일스가 네 욕망을 계속해서 자극하는 덕분에 너는 다른 남자를 찾아 헤매지 않잖아. 우리는 각기 따로 존재하면서도 완전하게 맞물려 있어서 빈틈을 채워줄 다른 이를 필요로 하지 않는다. 마일스에게 안겨 있노라면 너무도 행복하다.

가끔 우리는 서로에게 미친 듯이 화가 난다. 서로에게 고마워해야 마땅한데. 우리가 이르른 이 지점이 정확히 어딘지는 몰라도, 숱한 아픔 속에서 서로 도우며 여기까지 왔으니 말이다. 그 대신에 우리는 서로 미워한다. 감사하기만큼 어려운 일도 없다.

아무리 힘들어도 떠나지 않는 남자는 관계에 믿음을 실어준다. 항구성이란 무엇일까? 지속성이란 무엇일까? 친할머니가 자랑스레 말한 적이 있다. 나는 혼인 서약을 지켰단다. 끝까지 함께하는 결혼에 담긴 비밀이 무엇이냐고 묻자 할머니는 말했다. 까마귀를 먹는 거야. 자존심과 창피함을 삼키고 자기 잘못을 인정하는 거란다.

⌒

한 마디 대화 없이 하루를 보낸 끝에 나는 마일스에게 집에 오라고 전화로 소리쳤고, 마일스는 새벽 3시가 되어서야 집에 왔다. 비참한 하루였다. 전날 밤도 마찬가지로 비참했다. 우리는 그저 서로를 꼭 껴안았다. 내가 잠들었는지 그가 잠들었는지, 아니면 둘 다 잠들지 않았는지는 잘 모르겠지만, 어느새 그가 나의 나이트가운을 들치고 가슴을 빨기 시작했고 입으로 해준 뒤에 후배위로 하다가 항문에 하고 싶어 했다. 나는 내키지 않았지만 허락했는데, 똥을 쌀 것처럼 느낌이 좋지 않고 불안해서 그렇다고 말했다. 긴장을 풀어, 자기야. 마일스가 말했다. 항문 성교를 안 한 지 오래되었는데 그가 갑자기 왜 하고 싶어 하는지 궁금했다. 꽤 깊이 넣었을 때 나는 내가 진정 거부감을 느끼고 있으며 항문에 사정하게 해주고 싶지 않다는 사실을 돌연 깨닫고 그에게서 몸을 뺐다. 터질 것 같아, 마일스는 이렇게 말하고 자위하기 시작했다. 나는 누운 채로 나이트가운을 들치고 내 가슴을 애무했는데, 감은 눈을 뜨고 나를 본 마일스는 커다란 신음을 토해내더니 다시 눈을 감고 사정했다.

나중에 씻으러 갔을 때 휴지에 피가 조금 묻어 나왔다. 눈물방울처럼 조그만 핏자국.

매이런이 이런 말을 했다. 너는 친구들과의 관계에서는 불편함을 감수하면서 왜 남자친구와는 그러지 못해? 내가 연애할 때는 조금이라도 불편하면 참지 못한다고 지적한 것이었다. 매이런이 말했다. 너는 불편함을 견디려고 노력해야 해. 더 용감해져야 해. 그런 식으로 도망치면 무얼 얻을 거 같아? 꾹 참고 견디면 네가 얼마나 강한지 알게 될 거야. 네가 생각보다 많이 견딜 수 있고, 상처받아도 괜찮다는 걸 알게 될 거라고.

내가 왜 이런 말을 들어줄까? 매이런이 친구라서? 그런데 내가 아는 여자들 모두 비슷한 말을 한다. 나도 비슷한 말로 대꾸한다. 우리는 서로 어처구니없는 행동을 부추긴다. 매이런이 말했다. 우리 부부 사이에서 더 힘든 사람은 그가 아니라 나인 것 같아.

전장에서 서로 등 떠미는 병사들처럼 여자들은 다른 여자를 연애 관계로 떠민다. 자리를 지켜, 이렇게 말한다. 최전방에서 물러나지 마. 남자와의 관계가 삶의 최전방이라고 서로서로 설득한다. 최전방에서 도망치면 삶에 무슨 의미가 있겠어? 그렇게 서로를 부추긴다. 자, 계속 나아가. 불구가 되고 망가지고 부서지더라도.

이 여자들은 내 양심의 목소리다. 그들이 거짓말할 이유가 없다. 이런 말을 하지 않는 여자는 만나본 적이 없다. 사랑을 게임처럼 가볍게 여기는 여자도 만나보지 못했다. 우리, 용맹한 전사들은 어깨를 나란히 하고 서 있다. 우리는 고향을 볼 수 없다. 어쩌면 고향을 잃어버렸는지도 모르겠다. 이렇게 끝까지 남으리라 생각하지 못했다. 하지만 남자들이 하나둘씩 죽어나가자 우리의 삶은 훨씬 더 자유롭고 가볍고 평온해졌고, 아이들이 말했다. 엄마는 오래전에 아빠를 떠났어야 해. 구닥다리 사고방식에 사로잡혀 자기 자신을 괴롭히는 어리석은 엄마. 하지만 아이들은 평화의 시대에 자랐다. 전쟁의 짜릿한 참맛을 모른다.

난포기

어제 딤섬 집에서 열린 리비의 결혼식 오찬 자리에서 남성 하객 한 명이 다른 하객의 아기를 안고 싶어 했다. 그는 (식당에서 선 채로 누구에게랄 것 없이) 아이를 한 명 더 갖고 싶은데—그들 부부는 아이가 이미 둘이나 있다—아내가 그만 낳고 싶어 한다고 했다. 아내는 일자리에 복귀하고 싶어 한다고. 남자는 다른 하객의 아기를 안은 채로 식당을 돌아다녔고 아기는 함박웃음을 지으며 즐거워했다. 남자의 품에 매우 안정적으로 꼭 안겨 있었다. 남자도 아기를 안은 모습이 더 강해 보였다. 아예 다른 남자로 돌연 변신한 듯했다. 그의 가치가 껑충 올랐다. 남자는 그 자리에 있던 어른들에게는 무관심했다. 남자는 아기를 창가로 데려가서 말했다. 날이 참 좋지! 오찬 자리에서 남자는 세 번이나 자기 좌석을 떠나 아기에게 가서 꼭 안아주었다.

⤾

어젯밤에 마일스와 나는 리비의 결혼식에 갔다가 거기서 언쟁을 벌였다. 신랑과 신부의 사랑은 매우 그럴듯했고, 리비는 아름다운 웨딩드레스 차림으로 신랑 곁에 서 있었다. 그들이 백년해로하리라는 확신이 들었는데, 내게는 불가능한 삶처럼 느껴졌다. 죽어도 나는 성대하고 아름다운 결혼식을 올릴 만큼 내 결혼이 중요하다고 자신하거나, 누군가에게 그 값을 치르라고 설득하지도 못할 터이다.

많이들 하는 일인 줄은 안다. 설사 행복하지 않은 커플이더라도 아름답고 그럴싸한 결혼식을 올릴 수 있다. 하지만 내게는 결혼하고 가정을 꾸리는 일이 달로 날아가는 것만큼이나 불가능하게 여겨진다. 신랑 신부의 삶이 합쳐지는 장면을 보고 있자니, 결혼이 얼마나 아름다울 수 있는지 절로 상상되었다. 그들의 관계 역시 순탄하지만은 않았음을 아는데도, 어젯밤 혼인 서약을 맺는 순간에는 그들이 겪은 어려움조차 이날의 승리에 빛을 더하는 완벽한 조건처럼 보였다. 인간의 삶을 이루는 흔하디흔한 경험들. 나는 늘 그것들을 간절히 바랐다. 비판적인 시선으로 보지 못한다. 사람이 다른 사람과 더불어 상징으로 삼는 모든 의식을 나는 순수하게 바라본다. 사람이 무언가를 그토록 믿을 수 있다는 사실이 놀랍기만 하다.

결혼식이 진행되는 동안 마일스와 나는 다투었다. 나를 노려보는 그의 시선, 혼자 집에 가겠다고 을러대는 나. 집에 가는 택시 안에서의 침묵. 우리는 말없이 잠자리에 들었다. 내가 먼저

누웠고, 마일스는 거실에서 몇 시간이나 비디오게임을 하고 왔다.

⌒

마침내 마일스가 화가 난 채로 침대로 왔을 때 나는 매우 불안했다. 속이 울렁거릴 정도로 두려웠다. 우리는 한동안 더 싸웠다. 끝내 마일스는 돌아누워 자는 척했고, 내게 이런 생각이 엄습했다. 게임 좀 그만해. 이건 게임이 아니라 네 삶이야.

나는 우리의 싸움에서 내가 어떤 역할을 연기해왔음을 깨달았다. 그리고 곧바로 모든 인간관계가, 아니, 사람으로 사는 것 자체가 하나의 역할임을 깨달았다. 그것을 깨닫자 기쁘고 자유로운 기분이 밀려왔는데, 일종의 해탈과도 같았던 이 순간은 일 분도 지속되지 않았으나 그 찰나에 나는 우리 모두가 얼마나 우스운지 깨달았으며, 진정한 나를, 그러니까 내 행동이나 역할이 아니라 나의 내면에서 늘 웃음을 머금고 타오르고 있는 빛을 보았다. 카르마가 무엇인지 깨닫고나자 삶의 모든 것이 어리석게 느껴졌다. 카르마는 결국 역할 놀이다. 어떤 역할을 연기함으로써 특정한 상황에 머물거나, 다른 예상 가능한 상황을 유발한다. 여전히 침대에 누워 있던 나는 마일스와 내가 무엇 때문에 화났는지도 기억하지 못했지만, 우리 사이에 그토록 많은 문제를 일으키는 요인을 알아보았다. 자존심. 아집. 지지 않으려는 고집. 마치 우리가 껍데기를 두르고 있는데 그 껍데기를 보호하는 일에 매달림으로써 사실은 허상에 불과한 껍데기에 실질성을 부여하는 듯했다. 우리 모두 어찌나 어리석고 아둔하고 편협한지! 지금 아침에 이렇게 쓰고 있자니 우리가 과연 이 역할 놀이에서 벗어날 수 있을지 자신이 없지만 어젯밤에 깨달음을 얻은 순간에는 한없이 자유로웠다. 우리 인간이 벌이는 모든 일의 무의미함을 깨닫고 무한한 기쁨과 평화를 느꼈다.

일상의 드라마를 일탈해 이 깨달음을 행동으로 옮기면 삶이 뒤흔들리겠지. 사랑이 얼마나 파격적인지도 알겠다. 사랑은 인간의 드라마를, 특히나 이기려드는 드라마를 비웃는다. 다들 근시인 양 코앞에 있는 것만 보며 살아가거나 때로는 그마저 보지 못하고 서로 지나친다. 자기만의 드라마에 푹 빠져 사느라 다른 것을 전부 놓치고 사소한 일에 안달복달한다. 자기만의 의미를 찾느라 절박하게 허우적댄다! 이 덧없는 인생에서 말이다. 개개인의 존재는 무의미하지만, 삶은 의미 있다. 삶은 재밌고 멋지며 기쁨이 충만하다. 삶은 순수한 자유이며 모든 것을 품고 있다. 심지어 이 우울한 잿빛 인간 세상마저도.

◡

마일스가 잠에서 깨어나 부스럭거린다. 집에 화난 남자가 있다. 하지만 왜 우리가 계속 싸워야 하지? 이 모든 역할 놀이. 현실이며 실제 상황이므로 진짜라고 할 수 있으나, 크게 보았을 때 무의미하므로 진짜가 아니라고도 할 수 있다.

더욱 진정성 있게 살자고 다짐하면서 생각의 전환이 시작되었다. 삶은 게임이 아니야. 여태 삶을 게임처럼 취급하며 살아왔다. 삶은 게임이 아닌데 우리가 게임으로 만든다. 아이를 낳으면 완벽한 여자가 되는 게임에서 이길 수 있을까? 아이를 낳지 않아도 이상적인 여자가 되는 게임에서 이길 수 있을까? 흘러가는 대로 살아가는 삶이 최고라는 생각이 들었다. 삶이 펼쳐지는 대로 받아들이고 수용하며 행복하고 평화로운 기분으로 흘러가자. 물살에 맞서 파도를 일으키지 말 것. 왠지는 모르지만 그런 삶이야말로 가장 지혜롭다고 생각되었다.

그러다 삶의 중심에 있는 듯한 사람들이 눈앞에 떠올랐다. 번잡한 대도시에서 빛을 뿜으며 유유히 떠다니는 모습이었다. 누군가 점심을 먹자고 초대하면 그들은 곧장 수락했다. 늘 웃으며 모든 것을 선선히 대했다. 자신의 선택을 포함해 그 어떤 일에도 호들갑을 떨지 않았는데, 자기가 무엇을 하든 결국에는 크게 중요하지 않다는 사실을 알았기 때문이었다. 옹졸함과 쩨쩨함, 남을 원망하고 시기하는 노릇이 얼마나 헛된지 알았다. 외도를 저지른 적 없는 사람이 외도를 저지른 사람보다 낫다는 식의 도덕관이 아니었다. 너그럽고 유머 감각이 있으며 다정하고 다른 사람들을 웃게 하는 사람이 편협하게 도덕성을 내세우는 사람보다 낫다는 진실을 드러냈다. 그것을 알 수 있었다.

이 글을 쓰는 일 자체가 부질없음을 안다. 어젯밤에 깨달은 바를 벌써 잊어버린 사람이나 할 짓이다. 하지만 이 글을 쓰면서 어젯밤에 느낀 기쁨과 행복감과 가뿐함을 다시 불러올 수 있다. 마일스와 역대 최악의 싸움을 하고 있는 비참한 오늘인데도 이 감정들이 돌아오고 있다.

인간 모두의 인생을 합친 것보다 더 눈부시며 너무도 굉장한 이 힘이 우리 삶에 작용한다는 사실, 아니, 우리 삶을 지탱하고 있다는 사실이야말로 세상에서 가장 위대한 선물이다. 삶은 계속되며 아름다움을 잃지 않는다. 삶의 아름다움을 잠시라도 느껴봐서 얼마나 기쁜지. 설령 지금은 다른 문제에 정신이 팔리고 속이 상해 그 아름다움을 흘려보내고 있더라도 말이다. 마일스와 내가 과연 어떻게 될까.

매우 힘든 시기를 빠져나가고 있는 듯하다. 지금 이 순간에도 빠져나가고 있다. 동전을 던지려다, 아니다라는 답을 듣고 싶지 않은 속마음을 깨닫고 망설였다. 질문은 이렇게 시작한다. 과연 내 운명은… 작년만 해도 생각나는 대로 아무 질문이나 동전에다 던졌는데, 그새 제법 신중해졌다. 이제는 어떤 질문은 아예 답을 알고 싶지 않고, 또 어떤 질문은 부적절하다는 생각이 든다.

마일스는 자기 형제와 저녁을 먹으러 나가고 없다. 영겁의 시간에서 하룻밤이 대수랴. 하지만 마일스와는 처음부터 시간이 모자란 듯 늘 아쉬웠다. 사실이다. 우리에게는 시간이 충분하지 않다. 시간은 결코 충분하지 않다. 시간의 영역 너머로, 한없이, 영원히 사랑하니까. 지금 발을 굴러 부츠의 눈을 터는 사람이 마일스인가? 이 층으로 올라오려나? 아니, 아니구나. 아래층 소년이다.

아직은 마일스가 집에 오지 않았으면 싶다. 그가 돌아오면 나는 또 불안하고 혼란스러워질 테니까. 그런데 왜 불안해야 하지? 왜 혼란스러워야 하지? 왜 나의 몸과 마음은 좌절된 갈망 속에서 그에게 끌려가며 모든 것을 좌절시킬까?

샤워하고 나왔다. 날은 벌써 어둡고 침대 가 램프에 불이 들어왔다. 인터넷에서 보고 읽은 모든 것이 슬픔을 자아낸다. 하루가 어두워지는 지금, 슬픔에서 벗어날 길이 없다. 마일스가 얼른 돌아왔으면 좋겠다. 당장 그가 내 옆에 와주기를 바라지만 딱히 그와 하고 싶은 것은 없다. 설거짓거리가 남았다. 가슴이 갑갑하다. 내 삶에서 이방인이 된 듯한 기분. 고향으로 돌아가지 못하는 이방인. 지금 나는 인터넷이 유발하는 공허함에 휩싸인 채 침대에 앉아 있다. 그 허상의 세계에 다녀오면 공허함밖에 느끼지 못한다. 갈 곳이 없다. 공허함 속에서 밤이 찾아오고, 가슴이 시려오고, 슬픔이 밀려오고, 텅 빈 느낌만이 다시 또다시.

지난달부터 나는 시간의 영혼을 고치와 관련지어 생각하기 시작했다. 그래서 고치 사진을 컴퓨터 화면에 붙여놓았다. 이것이다.

고치 속에서 애벌레의 날개가 돋아나고 나비로 변태하는 것이 아님을 최근에 알게 되었다. 고치 속에서 애벌레는 곤죽이 된다. 애벌레는 철저히 녹아버리고 그 곤죽에서 새로운 생명체가 자란다. 왜 아무도 곤죽을 언급하지 않지? 어떤 변화가 일어나려면 그 전에 우리가 한동안 없어져야 한다는 사실을, 곤죽이 되어야 한다는 사실을 왜 말하지 않을까. 지금 너는 그런 상태야. 곤죽이야. 지금은 인생 전체가 곤죽이야. 하지만 여기서 도망치려 하지 않고 견디면 언젠가 나비로 탈바꿈하여 나타날 수도 있어. 물론 나비가 못 될 수도 있겠지. 다시 애벌레로 돌아갈지도 몰라. 아니면 평생 곤죽으로 남던가.

여기 앉아서 글을 쓰고 있는 이유. 내 존재의 가장 단순한 비밀, 즉 내가 어떤 사람인지 알아내고자 한다. 가슴이 열리는 듯한 기분이 든다. 글쓰기의 홀로 있음이 나를 다시 찾는다. 홀로 있음의 가벼움과 유쾌함. 홀로 있을 때 나는 가장 살아 있다.

글을 쓸 때 나를 감싸는 이것이 바로 내가 지어야 하는 고치인지도. 그렇다면 매일 이 고치로 들어가자. 시간과 공간의 고치 속, 모든 것이 가만하고 나는 곤죽이 되며 새로운 무언가가 형성된다. 글을 쓰는 이곳에서 시간과 공간은 형태가 없다. 삶에는 영혼의 흠집이 나 있다.

글을 쓸 때 내가 가장 나답다. 두려움이 없는 나. 이 자아를 곁에 두고 싶다. 이 자아는 선택을 두려워하지 않을 뿐더러 다른 어떤 일에도 벌벌 떨지 않는다. 형태가 없으며 구속되지 않았다. 어릴 적에 누가 어떤 동물이 되고 싶느냐고 물으면 나는 거북이라고 답했다. 거북이는 늘 집에 있으니까? 그때도 나는 집에 있기를 좋아했다. 내가 글을 쓰며 평온히 존재할 수 있는 이 고치가 나의 집이라면, 늘 등에 집을 이고 다닐 수 있을지도 모른다.

날마다 가능한 한 많은 시간을 이 고치 속에서 보내고 싶다. 이 속에서 최대한 오래 머무르며 하루를 보내고 싶다. 세상에 맞서 나를 지켜주는 껍데기가 되어주기를 바란다. 이곳에는 나 말고 아무도 들어올 수 없다. 이곳에는 눈물이 없다. 즐거움도 괴로움도, 아무런 감정도 존재하지 않는다.

하지만 껍데기 밖으로 고개를 내밀고 타인들과 어울리는 즉시 이 모든 것이 사라진다. 껍데기도, 고치도, 곤죽도.

너는 왠지 인터넷을 하면 이 장소에 있을 때처럼 즐거우리라 생각하지. 사실은 여기에 오고 싶으면서 왜 인터넷 세상으로 가니? 인터넷 세상을 생각하니 다시 눈물이 차오른다. 내 몸이 형성되고 있다는 뜻이다. 몸이 돌아온다. 껍데기에서 빠져나온 모양이다. 조각조각 몸의 형태가 다시 잡히고 나는 더는 공허의 일부가 아니다. 나의 자아가 돌아왔다. 더는 비(非)자아가 아니다. 패러독스한 존재가 아니다. 인터넷이 유발하는 기분은 감기처럼 몇 시간 지속되다 사라진다. 감기. 인터넷은 감기와 비슷하다. 감기만큼 흔하고 나를 춥게 한다. 그럼 인터넷 세상에 다시 발을 들이지 말자. 아니, 들어가자. 가슴이 조금 춥다고 무엇이 그리 나쁘겠어. 하지만 몇 시간이고 거기에 있을 필요는 없어. 일해야지. 제대로 글을 쓰려면 무한한 시간이 필요할 텐데. 무한이라는 단어는 가슴이 선득할 정도로 아득하다! 그러나 이런 순간에는 무한에 가닿을 수 있다. 이 책을 쓰는 데 무한한 시간이 필요하다는 뜻이 아니라, 무한에 도달해야 한다는 뜻이다. 무한은 시간의 양이 아니라 질과 관련한다. 이런 순간에는 무한에 들어설 수 있다.

〜

계단 꼭대기에서 마일스를 기다리고 있는 지금 나는 어릴 때 바라던 대로 거북이가 된 기분이다. 껍데기 밖으로 고개를 내밀고 있지만 글을 쓰는 동안 형성된 껍데기가 나를 품고 있다.

잠이 드는 순간에 가슴에서 행복의 거품이 보글거렸다. 혹은 내가 바로 행복의 거품이었다. 이런 행복은 오랜만에 느낀다. 행복의 거품이 나를 보호해주는 껍데기였다. 침대에 마일스와 함께 누워 있을 때도 고개를 쏙 집어넣으면 거기서 행복을 찾을 수 있을 듯했다.

〜

어젯밤에 장장 네 시간이나 인터넷을 하면서, 기분 조절을 어려워하는 여자들 이야기를 읽었는데, 내 이야기처럼 공감이 갔다. 한 달의 절반은 삶에서 달아나고 싶고 나머지 절반은 멀쩡히 산다. 월경 주기를 계산해보니 나도 이 여자들과 마찬가지다. 한 달의 반은 삶이 꽃길처럼, 나머지 반은 가시밭길처럼 느껴지면 내 삶에 실제로 문제가 있는지 어떻게 알아내지? 과연 내 삶은 꽃길일까 아니면 가시밭길일까? 둘 중 하나가 사실이기나 할까?

어떤 여자들은 월경이 시작하기 전에 일주일이나 이 주일 동안 항우울제를 복용한다. 다른 여자들은 매일 먹는다. 어떤 여자들은 정치적인 이유로 약 복용에 반대하는데, 이들은 우울장애에 시달리지 않는 듯하다. 연인, 부모, 아이들과의 관계가 엉망인 여자들은 월경 전 증후군이 자신의 감정에 영향을 준다는 사실을 처음에는 믿지 못했다. 월경 전 증후군이 문제의 원인이었다고 주변 사람들 앞에서 인정할 수 없었다. 그것에 시달리는 많은 시간 동안 바로 그들을 미워했으니까.

약을 먹어야만 생활이 가능한 여자들처럼 되기 싫다. 의지의 힘 하나로 내 감정을 조절할 수 없다고 인정하고 싶지 않다. 그러나 완경하는 그날이 오기까지 한 달의 반은 눈물에 젖어 살 수는 없는 노릇이다. 한 달의 반 동안 삶을 우르르 무너뜨리고 나머지 반 동안 복구하려 끙끙대다니. 생각만 해도 죽고 싶다.

의사에게 상담을 받아봐야겠다. 시도라도 해봐야지.

배란기

오래전 감각. 그의 성기가 내게 깊이 들어와 있던 순간에 그 어둠의 중심부에서 나는 마일스와 내가 조상이라고, 혹은 조상이 되리라고 느꼈다. 우리를 조상이라고 생각하자 우리가 누구인지, 다툼의 원인과 모든 복잡한 문제들을 이해할 수 있었다.

이전 관계들에서 나는 남자 옆에서 잠들지 못했다. 내 몸속에 박힌 그들의 성기가 낯설었다. 옳지 않게 느껴졌다. 마일스와의 관계에서는 전부 완벽히 들어맞는다. 마일스와 처음 같이 잔 날에 나는 깨달았다. 여태껏 다른 남자들과 잘 때는 나의 몸이 아주 조금이나마 그들을 거부했다고. 하지만 마일스와 함께 벌거벗고 있을 때 내 몸은 그의 몸을 속속들이 받아들인다.

어쩌면 나의 삶이 내가 아이를 낳기를 원해서 마일스를 내 곁으로 데려왔을지도. 비록 나는 원하지 않는다고 생각할지 몰라도, 어떤 자석 같은 힘이 그를 내게 데려오고 내 집에 들여놓고 나의 머릿속에 결혼과 자식 따위 생각을 채워 넣는다. 나를 그곳으로 이끈다.

내가 아이는 끝내 낳지 않을지 몰라도, 이처럼 오랫동안 한 남자를 떠나지 않고 여태 곁에 머물고 있다. 그동안 나의 정신은 충분히 돌보았을까? 내가 한 남자 곁에 오래 머무르면 결국 아이를 가지리라 내 몸이 믿고 있을까? 여성은 이런 존재일까? 그래서 내가 마일스 곁을 떠나지 못하나? 여자는 아이를 원하지 않는데, 그녀의 몸은 그 말을 믿지 않는다. 어떻게 보면 세상 그 누구도 그녀를 믿지 않는다. 그녀 자신도 스스로를 믿지 못한다.

⌒

참으로 오래 이 동전들에 의존했다. 이제는 나의 이성에 더 귀 기울여야 할까?

그렇다

나의 본능에도 더 귀 기울여야 하지 않을까?

아니다

아니, 난 그렇게 느껴. 내 본능에 집중해야 할 것 같아. 혹시 내가 본능을 지나치게 따라서 오랫동안 고생했을까?

아니다

사실은 고생한 적이 없나?

아니다

아니라니, 고생한 적이 있다고?

아니다

내가 소통을 어려워하나?

아니다

내게 소통되는 것들을 이해하지 못하나?

그렇다

　　　　　　　　　⌒

　이제부터는 내 가슴을 따르고 진정한 내 모습으로 살 테다. 여태 나 자신보다 타인을 더 믿었다. 왜 그리 오랫동안 그래왔을까? 나 자신을 믿을 때마다 잘못된 선택을 했나? 그래, 잘못된 선택을 참 많이도 했다. 하지만 실수할 수 있는 자유야말로 세상의 그 어느 조언보다 더 귀하지 않을까?

태어난 지 두 달 된 리비의 아기를 오늘 처음 보았다. 아기는 파란 요람에서 자고 있었다. 리비는 아기를 처음 안은 순간에 이런 생각이 들었단다. 이제는 아무도 만날 필요가 없어. 자기 자식과의 만남이 리비의 모든 바람을 충족했다. 뮤지션이며 시인이며 화가며 왕족이며 영화 제작가며 온갖 거짓된 사람들이 해소하기는커녕 악화시키기만 한 갈증을 아기가 채워주었다.

요람 속의 아기는 마법의 그물에 걸린 채 삶이 펼쳐지기만을 기다리고 있는 듯했다. 그물이 또 하나의 영혼을 낚았다. 결국에 다시 놓아주기까지 오래오래 잡아둘 터이다. 아기는 은빛 그물 속에서 반짝이는 물고기. 반짝이며 팔딱거리는 영혼. 아기가 어떤 삶을 살아가느냐는 중요하지 않다. 존재한다는 사실만이 중요하다. 우리의 행동이나 생각이 아니라, 존재 자체가 삶을 정의한다. 그물에 걸려 있는 짧디짧은 시간이, 눈부신 햇빛 속에서 반짝반짝 빛나는 그 시간이, 우리 삶의 전부이다. 어두운 심해에서 건져져 모두의 눈앞에 나타났다가, 다시 물속으로 가라앉는다. 이름도 흔적도 없이 사라진다.

내가 왜 내 배 속에서 한 영혼을 바닷물에 담그겠는가? 깊은 바닷속의 반짝이는 물고기를 은빛 그물로 낚아 이 아름다운 세상에 잡아두는, 그런 희망적인 일을 나는 할 수 없다.

리비는 나의 영혼이 어린 듯하다고 했다. 아직도 세상을 배우고 있는 어린 영혼을 지녔음이 틀림없다고 주장했다. 아이를 원할 만큼 영혼이 성숙하지 않았다고 했다. 그러나 나는 오히려 내 영혼이 너무 늙어서 아이를 키울 자신이 없다고 했다. 정성 들여 아이를 키울 희망도, 인내심도, 기운도 없다. 어쩌면 나는 늙은 바위산. 행복한 가족이 자기 배 위를 기어오르며 소풍하는 것은 딱 질색인, 딱딱하고 신경질적인 바위산.

⌒

리비는 자기 몸에서 나온 아이를 키우며 내가 갈 수 없거나 가지 않을 곳으로 가버렸다. 나는 겁이 많은 탓에, 혹은 자기 자신을 너무 잘 알아서 그곳에 갈 수 없다. 나는 리비가 향하는 지하 세계로 가는 기차에 오를 능력이 없다. 혹은 원하지 않는다. 리비는 내가 금기로 여기는 지하 세계로 갔으며, 나는 리비가 금기로 여기는 세계로 가고 있다. 아이를 갖는 일의 의미를 생각하며 던지는 질문과 의구심, 그것이 리비가 두려워하는 세계다. 내가 아이를 갖는 일을 두려워하는 만큼 리비는 그것을 두려워한다.

삶이라는 여정에서 우리가 갈 수 있는 지하 세계는 한둘이 아니다. 사람은 각자 다른 것을 금기로 삼고 각자 다른 곳을 금기 장소로 여긴다. 한 치의 망설임 없이 덤덤히 어머니가 된 리비의 결정을 나는 도무지 납득할 수 없다. 어머니 됨이 요구하는 모든 조건을 따르고 새 삶을 자기 삶 속으로 받아들였다. 그것이 내게는 죽음처럼 여겨진다. 반대로 리비는 내가 택한 길을 죽음처럼 끔찍하게 생각한다. 자기는 발도 들여서는 안 될 장소로 여긴다.

결국 우리는 모두 홀로 방랑하는 나그네. 이처럼 홀로 가야 한다는 사실 탓에 다른 길을 택한 이들을 원망하기도 한다. 어쩌면 우리가 언젠가는 서로에게 동행자가 되어줄 수 있을지 모르지만 지금으로서는 불가능하게 느껴진다. 리비는 온갖 질문을 던질 수 있는 나의 특권과 자유를 시기하고, 나는 이러한 의구심에 시달리지 않고 새로운 삶으로 성큼 들어선 리비의 특권을 시기한다.

숲에서 덤불을 헤치며 걷다가 탁 트인 길이 나와 수월히 나아갈 때가 있듯이, 살다 보면 우리의 발걸음이 따라가게 마련인 길을 발견한다. 리비는 자연스레 어머니의 길로 들어섰고 나도 똑같이 자연스레 다른 길로 접어들었다. 리비의 관점에서는 내가 택한 길이 쾌적한 오솔길이 아니라 치명적인 가시밭길인 반면에, 나의 관점에서는 어머니가 되는 일이 나를 찔러 죽일 가시가 빽빽한 정원에 들어가는 일이나 다름없다.

타인의 행동을 이해하기란 얼마나 어려운지. 나는 리비를 아기에게 도둑맞은 기분이고, 리비는 내가 정체되어 있다고 생각한다. 우리 두 사람 모두 어떤 관점에서는 용맹하기 그지없고 또다른 관점에서는 겁쟁이다. 상대가 모든 것을 가진 양 부럽기도 하고, 빈털터리처럼 안쓰럽기도 하다.

　사실 우리 둘 다 모든 것을 가졌으면서도 빈손이고, 용맹하면서도 겁쟁이다. 상대보다 더 많이 가지지도, 적게 가지지도 않았다. 그런데 우리는 그 사실을 좀체 깨닫지 못하는 듯하다. 각자 택한 삶의 가치가 동등하다는 사실을 모른다. 반사적으로 아이를 낳고 키우는 삶이나 끝끝내 확신하지 못하고 아이를 낳지 않는 삶이나 무게는 같다. 리비의 삶과 나의 삶의 수치에는 한 끗 차이도 없다. 자식 없는 여성과 어머니가 된 여성이 동격이라는 사실에 우리는 무엇보다 실망하지만, 그것은 부정할 수 없는 사실이다. 우리가 각자 삶에서 느끼는 공허함과 충만함, 얻은 경험과 잃어버린 경험은 무게가 정확히 같다. 둘 중 어떤 삶이 더 우월하거나 더 위태롭다고 할 수 없다.

　이 극명한 사실을 우리는 인정하지 못한다. 이처럼 단순할 수는 없다고 생각하며, 계속해서 추를 매달아 어느 쪽이 더 무거운지 지켜본다. 그러나 어느 한쪽도 내려가지 않는다. 둘 다 정확히 같은 높이에 멈춰 있다. 나는 리비보다 조금도 우월하지 않으며 리비도 나보다 우월하지 않다. 이것만큼 불편한 진실도 없다.

슈퍼마켓에서 시작되었다. 돌연 두려움이 사라졌다. 내가 이처럼 늘 두려워하며 살고 있는지 여태 몰랐다. 다른 쇼핑객들이 더는 위협적으로 느껴지지 않아서, 언제나처럼 마주치기를 피하고 시선을 돌릴 필요가 없었다. 나는 담담히 그들을 지나치며 계속해서 장을 보았다. 물건들을 계산대에 내려놓자 계산원이 나를 보고 말했다. 여성분들이 자주 이러세요. 남자들은 꼭 바구니를 들거든요. 여자들은 필요 이상으로 자기 삶을 힘들게 해요. 나는 동의했다. 나는 바구니를 사용하지 않음으로써 내가 시간을 아낀다고 생각해왔다. 계산원과 이 얘기를 하며 웃었다.

장거리를 흰 비닐봉지 두 장에 담아 집에 오는 길에 세상이 밝고 유쾌하게 느껴졌다. 문득, 이것이 약의 효과임을 깨달았다. 항우울제가 어떻게 합법이지? 이 나라 사람들 절반은 늘 이런 기분으로 살고 있나? 가볍고 즐겁게 반짝반짝?

그날 밤에 잠자리에 들 준비를 하는 중에 마일스는 즉석에서 나를 주제로 귀엽고 우스운 노래를 만들어 불렀고, 나는 수상해하며 말했다. *왜 이렇게 잘해줘?* 그리고 물었다. *늘 이렇게 잘해 줬어?* 마일스가 답했다. *응.*

그러고 나서 한 주간 온갖 생각과 감정이 폭풍처럼 몰아쳤다. 생각과 감정의 폭풍이 나와 세상 사이 커다랗고 두꺼운 벽을 넘어 밀려왔다. 나의 시야를 가로막은 채로, 내가 진실을 보고 있다고 착각하게 만든 벽이다. 평생 내게 세상은 너무 시끄럽고 갑갑했다. 모든 것이 나를 너무도 세게 찔렀다. 세상에 대해 사유하고 싶었으나 늘 불안에 쫓기며 내 문제만 생각했다. 불안이 마치 내 얼굴에 금지령을 들이민 듯했다. *먼저 이 문제를 풀어. 너 자신의 문제.* 하지만 사실 나는 문제라고 할 수도 없는 것들로 머리를 썩이고 있었다. 예컨대 사흘 안에 점심을 먹기로 한 사람과 언제 만날지 같은 것. 이런 문제가 나를 완전히 사로잡아서 정말 중요한 일들을 생각할 여유를 주지 않았다. 약속 따위를 두고 며칠씩이나 고민했다. 몸이 떨리고 가슴이 콩닥콩닥 뛰게 만들던 일상의 불안을 약 하나로 쉽게 떨쳐낼 수 있었다. 지금껏 나는 나 자신을 보호하려고 허둥거렸는데, 이제야 비로소 내면에서부터 보호를 받는 기분이 들었다. 일어날지 모르는 온갖 재난을 두려워하며 내 몸의 모든 세포가 갑옷을 두르고 대비하지 않아도 될 듯싶었다.

〰

약을 복용하기 전에 나는 슬픔과 불안밖에 알지 못했다. 주변 사람들은 나더러 불안증은 가능하면 떨쳐내라고 조언했다. 물론 나도 그러고 싶었는데, 구식으로 해내고 싶었다. 즉 과거를 분석하고 종교적이거나 영적인 가르침을 구하고 꿈을 해석하고 등등 효과 없는 방식을 고집했다는 말이다. 현대적인 방법은 과연 간편하고 효력이 있었다. 이를 조금 악물거나 내가 원하면 종일 잘 수 있을 만큼 잠이 많아진 현상 말고는 별다른 부작용도 겪지 않았다.

현대를 살고 있는 우리가 전세기의 문제로 고통받을 이유가 없지 않을까? 심리 문제라니, 현대인들이 겪어서는 안 될 문제다! 그래서 나도 고통받지 않기로 했다. 과거의 매듭을 풀려다 자칫 더 많은 환상의 타래에 뒤엉키기 십상인데, 나는 이미 환상에 깊이 빠져 있다. 그냥 약이나 좀 주길! 적어도 몇 달만이라도, 일 년은, 아니. 십 년 정도 그냥 쉬고 싶다. 게다가 치료가 있는데 받기를 거부하면 도리에 어긋나지 않을까? 그것이야말로 최악의 로맨티시즘이 아닐까? 컬트에 가까운?

⌒

내가 돌아오고 있다. 이처럼 격렬한지 몰랐던 내면의 세계에서 돌아오고 있다. 내가 세상에서 이토록 분리되어 있었는지 몰랐다. 약이 효과가 있다는 말밖에 할 수 없다. 정말 효과가 있다.

약을 복용한 이래 내면의 두려움과 불안이 사그라들었다. 처음으로 스스로가 강하게 느껴지고 내 삶의 모든 가능성이 첨예하게 살아난다.

⌐

그러나 또 한편으로는 약을 복용하는 이상 나는 말할 권리가 없지 않을는지 걱정된다. 해답을 찾았거나 지혜를 얻은 척할 수 없다. 깨달음에 눈을 떠서가 아니라 약을 먹은 덕분에 마음이 덜 힘들어진 듯하니까. 여태 그 오랜 시간에 나는 우연하고 갑작스러운 깨달음을 통해서 마음을 다스리고자 했는데, 그렇게 나아진 기분은 십 분 혹은 길어야 하루 가고, 실질적으로는 아무것도 바뀌지 않았다.

신경질이 나나? 실망했나? 조금은 그렇다. 나만의 마법으로 고통을 떨쳐내고 싶었는데, 마음의 연금술은 약만큼 효과적이지 않은가 보다. 철학, 심리학, 종교, 꿈을 적어놓기―이 기법들은 중세에 유행한 피 빼기 요법이나 거머리 요법과 마찬가지로 효과가 없었다.

끝없이 추락하고 추락하고 또 추락한 끝에 다시 올라가는데, 깨달음을 얻고 진실을 마주한 덕분이 아니라 약을 먹기 시작하고서라니, 무슨 이야기가 이 모양이지? 나도 모르겠다.

처음부터 이 책은 그저 내가 삶의 모든 국면과 내게 가장 소중한 것들을 두려워한다는 증거에 불과했나?

그렇다

그렇다면 이것은 악마의 책이라고 할 수 있을까?

아니다

천사의 책이라고 할 수 있을까?

그렇다

내가 천사와 씨름한 것이기에?

그렇다

그리고 이제 나는 두렵지 않으므로?

그렇다

언젠가는 다시 예전처럼 두려워할까?

동쪽의 새집에 살기 시작한 어머니를 만나러 아침 일찍 집을 나서기 전에 내가 어렸을 때 살던 지역 유대교 회당의 마당에 누워 있는 꿈을 꿨다. 마당의 반대쪽에 이성적이고 신중한 전문직 여성이 있었다. 나는 그 여자와 내 어머니에 관해 이야기하고 있었다. 내가 어렸을 때 어머니가 나를 잘 보살펴주지 않았다고 여자에게 말했다. 여자의 이름은 투 차린Tou Charin이었는데(여자의 이름과 성을 합치면 앞 글자가 Touch이어서, 꿈에서 깨서도 이름을 기억했다) 투 차린은 내가 자랄 때 왜 그토록 많은 베이비시터가 있었는지 이해할 수 없다며, 어머니가 의사여서 바쁘긴 했겠지만 그렇다고 아이에게 꼭 대리 어머니가 필요하다는 뜻은 아니라고 했다. 나는 그리 나쁘지 않았다고, 나를 돌봐준 베이비시터들이 참 상냥했기에 사실 꽤 좋았다고 답했다. 베이비시터들은 어린 나에게 좋은 영향을 주었다. 한번은 베이비시터가 나를 자기 동네로 데려가 남동생의 멋진 집을 보여주었다. 그 집은 냄새도 가구도 우리 집과 달랐고 계단에 카펫이 깔려 있었다. 나는 그 집이 매우 마음에 들었었다. 기억들이 떠오르자 나는 울컥하고 가슴이 아렸다. 마침내 투 차린은 이만 가봐야 한다며 길을 건너 전철역 쪽으로 걸어갔다. 나는 황급히 이메일 주소를 물어봤다. Toucharin@gmail.com이었다.

떠나는 투 차린을 보던 중에 나는 내가 어렸을 때 지어낸 한 가설을 기억했다. 당시에 나는 직업이 있거나 자기 일에 헌신하는 여자는 자식에게 깊은 애정을 쏟지 못하며 관심도 충분히 줄 수 없다고, 한마디로 육아와 커리어는 공존할 수 없다고 생각했다. 그 가설을 기정사실화함으로써 나를 멀리하는 어머니를 이해하고 정당화했다. 한 여자가 일과 자식에 동등히 헌신하기는 실제로 불가능해야만 했다. 그래야만 나의 어머니 잘못이 아니었다. 또한 그래야만 나의 잘못도 아니었다.

⌒

꿈속에서 투 차린이 죽은 자의 나라인 하데스의 나루지기 카론일지도 모른다는 생각이 문득 들었다. 그래서 나는 잠 속으로 더욱 깊이 뛰어들어 번잡한 사차선 교차로의 횡단보도 하나를 서둘러 건넜고, 차들이 쌩쌩 달리는 도로 한복판의 풀밭 교통섬에 잠시 멈췄다가 또 하나의 횡단보도를 건넌 뒤, 전철역의 유리문을 통과하고 매표소를 황급히 지나 에글링턴 웨스트역에 들어섰다. 기다란 에스컬레이터를 타고 내려가 남쪽으로 가는 열차의 승강장에 도착했다.

　그렇게 투 차린을 쫓아가는데, 그가 사실은 내 나이 여섯 살 때 우리 집에서 살았으며 내 손을 잡아주었던 베이비시터일지로 모른다는 생각이 들었다. 그날 베이비시터와 전철을 타고 가는데 웬 낯선 남자가 우리를 따라오는 듯했다. 어린 나는 빤히 보는 그의 시선이 두려웠다. 베이비시터의 손을 잡고 무섭다고 말했다. 베이비시터는 나를 꼭 안아주고 달랬다. 걱정하지 마. 길을 나서기 전에 내가 우리 두 사람을 위해 기도했어. 그때껏 나는 한 번도 이런 말을 들어보지 못했다. 어머니는 신을 믿지 않았고 아버지는 신자들을 경멸했다. 베이비시터에게는 믿음이 있었는데, 나도 그런 것을 갖고 싶었다. 나도 그녀처럼 신앙심이 있으면 좋겠다고 생각했다. 초능력처럼 여겨졌다. 그러나 나는 그렇게 될 수 없음을 알았다. 너무 나이가 들기도 했거니와 신이 존재하지 않는다는 사실을 알았다. 그러나 베이비시터에게는 신이 존재했다. 어쨌든 충분히 진실한 존재였다. 베이비시터는 두려워하지 않았으니까.

〰

　에스컬레이터를 타고 내려가자 투 차린이 승강장에 서 있었다. 다가가서 그 옆에 섰다.

　반대쪽 승강장에서 전철을 기다리는 사람들 가운데 커다란 개

두 마리가 있었다. 내가 역사에 들어설 때 뛰어 들어온 개들은 전철역 안을 크게 한 바퀴 돌고 계단을 내려갔다. 몇 분 뒤에 전철이 왔고, 문이 열렸다. 다시 문이 닫히고 전철이 떠났다. 개 한 마리만 승강장에 남아서 친구를 찾아 두리번거리고 있었다.

나는 개를 보며 안타까운 마음으로 걱정했다. 개는 친구를 못 찾아 속상한 기색으로 불안하게 승강장 아래를 내려다봤다. 내가 탈 전철이 왔다. 그때 나는 위층 매표소에서 표를 사지 않고 곧장 내려온 사실을 기억했다.

푯값이 얼마예요? 투 차린에게 물었다.

동전 세 개. 그녀가 답했다.

나는 잠시 머뭇거리다 동전 세 개를 주고 전철에 탔다.

전철에 타자 나는 어머니와 친구들과 리비에게서 심지어 지금보다도 더 멀어지는 느낌을 받았다. 친구와 다른 방향으로 가는 전철에 탄 개처럼, 자기가 다른 방향으로 가고 있다는 사실과 그 뜻을 모르는 채로.

어머니가 다정하고 긍지 넘치는 미소를 띠고 현관문을 열었
다. 한때 헛간이었으나 이제는 평범한 중산층 집처럼 개조한 새
집으로 나를 안내했다. 어머니는 거의 바깥출입을 하지 않는다
고 했다. 은퇴한 뒤로도 집에서 여러 일을 하고 있다. 어머니는
일을 꺼리지 않는다. 한때는 세상에서 일어나고 있는 일들을 내
가 많이 놓치고 있다고 걱정하곤 했지. 어머니가 말했다.

나도 그걸 걱정해요.

하지만 사실 별일 일어나고 있지 않아. 걱정하지 말렴. 어머니
가 말했다. 아무것도 놓치고 있지 않아.

⌐

우리는 짙은 석류빛 벨벳 커버를 씌운 안락의자에 앉아서 대
화를 나누었다. 벽은 노란색으로, 목재 테두리는 호두색으로 칠
해져 있었다. 시선을 어디로 돌려도 다양한 장식품이 눈에 들어
왔다. 설거지 스펀지를 든 도자기 곰, 스토브 위의 곰 자석, 그리

고 수납장과 창턱에 놓인 귀여운 곰 인형들.

이 층 서재는 책장으로 둘려 있고, 책장 선반마다 신화, 천문학, 해부학 등 인간 세계뿐 아니라 자연 세계를 설명하는 실용적인 지식이 담긴 책들이 빼곡하다. 집 밖 언덕에서 몸을 떠는 풀과 덤불에 관한 지식, 바위에서 부서지는 파도에 관한 지식, 집 근처 낙농장의 양들이 풀을 뜯는 절벽을 치달리는 바닷바람의 짠맛에 관한 지식.

서재 바닥에는 페르시아산 양탄자가 깔려 있고 푹신한 소파가 여럿 있다. 어머니가 서재 안에서 문을 하나 열었는데, 다른 방으로 이어지리라는 나의 예상과는 달리 집을 개조하기 전의 넓은 동굴과도 같은 헛간이 나와서 깜짝 놀랐다. 천장의 슬레이트 틈새로 햇빛이 파고들었고, 삐죽삐죽한 썩은 판자와 먼지와 거미줄과 어둠이 헛간 곳곳에 쌓여 있었다. 나는 머리가 핑핑 돌았다. 마치 어머니가 자신의 무의식 세계를, 정신의 지하실을 보여준 것 같았다. 우리는 마음속의 가장 어두운 골조에서 얼마나 멀리 떠날 수 있을까? 어머니가 생활하는 공간이 어머니의 가장 은밀한 자아에서 충분히 거리를 둘 수 없다고 나는 생각했다. 늘 가까이, 닫힌 문 바로 뒤에 있을 것이다. 비단 나의 어머니뿐 아니라 모든 사람에게 해당하는 진실이다. 어둠 속에 가구를 놓고 아기자기하게 꾸며놓은 뒤에 행복하게 살아보려 하지만 문 하나만 열면 가장 어두운 그늘로 추락할 것이다.

어머니가 잠자리에 든 늦은 밤에 나는 예전 고전학 교수에게 이메일을 보내 자꾸만 생각나는 투 차린이라는 단어를 물어보았다. 별 기대 없이 인터넷에서 단어를 검색해보았는데, 아리스토파네스의 〈개구리〉라는 희극에서 발견했다. 그 단어가 무엇을 뜻하냐고 물었다. 바로 다음 날에 회신이 왔다.

투 차린을 영어로 발음하면 거친 K 소리를 써서 여자 이름 캐런처럼 투 캐린이라고 읽어. 캐린은 스틱스강에서 하데스로 영혼을 실어 나르는 나루지기 카론과 어원이 매우 가까워. 캐린이라는 단어가 홀로 있을 때는 우아함, 부탁, 친절한 행동을 뜻하지만 투가 앞에 붙으면 스페인어의 Por favor처럼 하나의 구절이 되지. 어원인 카리스는 '누군가의 즐거움을 위해', '말하기 위해', '내 삶을 위해', '맹세로 인해 바치는 제물' 등의 구절에서 찾을 수 있어. 투 캐린은 '무엇을 고려하여', '어떤 이유로', '무엇으로 인해', '무엇을 위해' 등을 뜻하지.

디오니소스가 말하기를, "시인을 찾으러 [하데스]에 왔다."

"어떤 이유로?" (투 캐린)

연극을 다룬 어떤 자료에서는 디오니소스가 단순히 효과를 위해 스스로에게 질문하고 있어. 또 다른 자료에서는 헤라클레스가 직접적으로 물어보지. 디오니소스가 자신이 하데스로 내려온 이유를 자문하는 것이라면 투 캐린은 '내가 왜 여기까지 왔지?'(왜 이런 친절을 베풀고 있지?)로 해석될 수 있을 테고, 헤라클레스가 묻는 것이라면 이렇게 해석해야겠지. '그대는 왜 여기로 왔는가?'

그리스 문학에서 하데스로 내려오는 행위는 항상 꿈의 특성을 품고 있어. 하데스는 꿈과 밀접하니까. 디오니소스는 위대한 비극 시인을 데리러 왔다고 하지. 시인을 산 자들의 세계로 데려가야 위기에 처한 아테네인들을 구할 수 있다고.

⤵

다음 며칠간 어머니는 조그만 마을 여기저기로 운전해서 구경을 시켜주었지만, 여행 내내 나는 반쯤 졸고 있었다. 나는 너무 피곤해서 미안하다고 사과했다. 어머니는 나무다리 아래로 백조 두 마리가 헤엄치는 운하 옆에서 점심을 먹고 싶어 했는데, 나는 자꾸만 하품이 나고 집에 돌아가서 자고 싶은 생각뿐이었다. 마침내 집에 돌아온 뒤에 나는 내가 직접 불어서 부풀린 공기 매트리스에서 낮잠을 잤다.

꿈에서 거울을 보았다. 내가 거울 저편으로 가야 한다는 사실을 알았다. 거울 저편으로 가려면 어마어마한 믿음이 필요하다고 느끼며 나는 온 힘을 짜내서 거울 속으로 뛰어들었다. 다음 순간 나는 질이나 기관처럼 관형 구조인 장기 속에서 추락하고 있었다. 추락하면서 나는 안심하고 떨어져도 된다고 스스로에게 일렀다. 꿈속이므로 다치지 않을 것이며, 추락이 내 정신으로 깊이 들어가는 것을 뜻했으니까. 바닥에 떨어졌을 때 나는 유년 시절 집의 퀴퀴한 지하실에 있었다. 바닥에 있는 사진첩을 넘겨보다가 어머니의 사진을 발견했는데, 어머니는 내가 어렸을 때 늘 짓고 있던 표정이었다. 불신, 불행, 그리고 거리감. 사진첩을 넘기자 다른 얼굴을 가까이에서 찍은 사진이 나왔다. 사진 속의 얼굴은 큼직한 하얀 이를 드러내며 행복하게 웃고 있었다. 자는 중에 공기 매트리스의 공기가 빠져버려 나는 바닥에서 깨어났다. 한결 달라진 기분이었다. 마치 내가 웃음 띤 얼굴의 행복과 어머니의 불행 중에서 하나를 선택할 수 있는 듯했다. 만사를 늘 너무 심각하게 생각할 필요 없었다. 하지만 어머니의 얼굴이 나의 마음속 얼마나 깊은 곳에 새겨져 있던지! 영혼의 깊은 구석, 지하실의 손보지 않은 헛간에 있다. 너무도 가까이 바로 그곳에.

⌒

어렸을 때 참으로 자주 있던 일이다. 다 같이 부엌 식탁에 둘러앉아 저녁을 먹고 있는데 어머니는 아무런 경고 없이 울음을 터뜨리고는 서둘러 침실로 갔다. 여러 번 내가 따라갔지만 어머니는 문을 열어주지 않고 내게 가라고만 말했다. 나를 보거나 위로받고 싶어 하지 않았다. 언젠가부터 나는 더는 따라가지 않았다. 우리 나머지 가족은 식탁에 그대로 앉아서 아무 일도 없는 양 대화를 이어갔다.

⌒

낮잠에서 깨어나 부엌에 갔고, 어머니와 같이 식탁에 앉아서 어머니가 스토브로 끓인 커피를 마셨다. 어머니가 말했다. 네 아버지가 지난주에 전화해서 말하기를, 우리가 손주가 없어서 다행인지도 모르겠다고 하더라. 환경 오염도 심한 데다 오십 년 후에 이 세상이 어떤 꼴일지 생각하면 말이야. 손주가 없는 '우리'로서 어머니와 아버지가 하나의 운명을 공유하는 친밀감. 나는 어린아이로 되돌아간 듯 묘한 기분이 들었다. 나의 아버지와 어머니를 부모라는 끝이 없는 경험으로 한데 묶어주어야 한다는 소심한 책임감.

⌒

다음 날에 혼자 바닷가 절벽에 앉았다. 공책을 가져왔지만 풍광이 너무 아름다워서 글을 쓸 수 없었다. 자연의 아름다움은 단어로 포착할 수 없으며 그에 대적하는 아름다운 글은 결코 쓸 수 없으리라. 서둘러 언덕을 내려와 집에 돌아왔고, 부엌에 가니 어머니가 과일을 잘라놓고 라디오 프로그램을 듣고 있었다. 샤워하고 옷을 갈아입고 다시 부엌에 갔다. 어머니는 요리책을 보며 토마토와 발사믹 식초, 그리고 그날 타운의 생선 장수에게서 산 연어로 저녁을 차리고 있었다. 내가 자랄 때 어머니가 유일하게 해준 음식은 슈니첼이었다.

어머니는 헛간을 마저 개조할 계획을 이야기했다. 꼬부랑 늙은이가 되었을 때 계단을 오르내릴 필요가 없도록 헛간을 확장하고 일 층 침실에 욕조를 설치할 예정이라고 했다.

청소년 시절부터 나는 바닷가 집에 혼자 사는 여자의 삶이 얼마나 아름다울지 자꾸 상상하지 않으려고 스스로를 통제해야 했다. 이제 나는 내 삶이 얼마나 아름다워질 수 있는지 보았다.

⌒

다음 날 아침에 이를 닦으며 수납장 안을 들여다보자 거울이 달린 유리문 뒤에 파란색과 노란색 알약이 담긴 병과 가글, 아이섀도와 낡고 누레진 칫솔 여러 개가 있었다. 어머니 이름이 라벨에 적혀 있었다.

약병을 들고 거실로 가서 물어보자 어머니는 지난 몇 년 동안 약을 때때로 복용했다고 털어놓았다. 갑자기 이해되었다. 머릿속의 기억마다 어머니가 약을 복용하고 있을 때와 복용하고 있지 않을 때를 정확히 맞힐 수 있을 듯했다. 약을 복용할 때 어머니는 명랑하고 따뜻하고 매력적이었다. 약을 끊었을 때는 슬퍼하며 자기 안에 틀어박혀 있었지만 한편으로는 더 강했다. 굉장한 힘을 지닌 압도적인 존재였다.

⤚

어머니가 밤 인사를 하러 방에 들어왔을 때 내가 사랑한다고 말하자, 어머니는 이 말을 이제껏 내게서 많이 들었음에도 이번에는 묘한 미소를 짓고 말했다. 네가 나를 사랑한다는 게 놀라워. 내가 그렇게 너를 방치했는데. 어머니는 끝내 이혼하기 전까지 결혼을 지키려고는 노력했지만 아이들을 사랑하는 데는 힘을 쏟지 않았다고 말했다. 그리고 덧붙였다. 나는 잘못된 것들에 집중했어. 그때 우리에게 관심을 쏟기로 선택했다면 어머니는 지금과 매우 다른 사람이 되었을 텐데, 그것이 선택할 수 있는 사항이라는 사실이 내게는 이상하게 여겨졌다. 선택이라는 단어가 적합하지 않았다. 내게 어머니는 언제나 다가가기 어려운 존재였으며 절대로 다른 모습일 수 없었는데, 그것이 선택이었다니.

방에서 나가기 직전에 어머니는 조금 혼란스러운 듯한 말투로 인생에서 아이를 키우는 일을 가장 중요시하는 여자들에 관해 말했다. 삶에서 어머니라는 역할이 제일 중요했냐고 내가 묻자 어머니는 얼굴을 붉히고 말했다. 아니. 어머니가 입을 연 순간에 나는 끼어들었다. 대답하지 않아도 돼요. 내가 보았잖아요.

⤚

떠나기 전날 소파에 같이 앉아 대화하던 중에 어머니가 내게 신선한 충격을 안겨주었다. 어머니가 아버지와 동생을 마지막으로 만난 이래 두 사람이 어머니에게 화가 나 있다고 나는 어머니에게 털어놓았다. 그런데 어머니는 어린 시절에 내가 자주 보았듯이 자기 연민에 빠져 자책하거나 그들의 애정을 되찾으려고 허둥지둥 계획을 세우는 대신 이렇게 말했다. 어쩌라고? 그렇다고 내가 어디 가서 목을 매달진 않을 거야.

무슨 뜻이에요? 내가 물었다. 어머니에게 이런 말은 처음 들었다.

어머니는 그들이 화를 내더라도 자기는 삶을 즐기겠다고, 전 남편과 아들이 자기들만의 이유로 화가 났다는 이유로 어머니가 자살하진 않는다는 뜻이라고 했다.

어쩌라고? 그렇다고 내가 어디 가서 목을 매달진 않을 거야. 어머니에게서 이 말을 들은 순간 내 속에 어떤 울림이 일었다. 어머니가 목을 매달지 않겠다면, 나도 그러지 않겠다. 어떤 이유로도 말이다. 그대는 어머니를 넘어설 수 없다고 느낀 적이 있는가? 그렇다면 어머니가 자신이 지금껏 서 있던 곳에서 한 계단 더 올라가는 것은 그대에게도 멋진 일이다.

남부행 비행기를 타고 바닷가 마을로 가서 마일스를 만났다. 거기서 마일스의 딸과 그 애 어머니를 같이 만나기로 되어 있었다. 두 사람은 그 마을의 이름을 따서 딸의 이름을 지었다. 우리는 방 두 개짜리 바닷가 호텔에 묵으며 해변에서 사흘을 보냈다. 희망적인 실험이었다. 우리 네 사람이 처음으로 다 같이 보내는 휴가였다.

둘째 날은 유난히 더웠다. 마일스와 딸이 모두가 먹을 아이스크림을 사러 간 동안 아이 어머니와 나는 수건으로 몸을 감은 채 누워서 대화했다. 물에 들어갈까요? 그러죠.

이십 분 후에 마일스와 딸이 매점에서 산 아이스크림을 양손에 하나씩 들고 돌아왔다. 그때 아이가 자기 아버지에게서 떨어져 바다 가까이 다가섰다. 아이스크림을 들고 우리를 보고 있었다. 자기 어머니와 나. 저만치 파도에서 헤엄치는 우리. 자기 어머니와 함께 헤엄치는 나를 보고 있는 그 아이를 본 순간은 내 인생의 아름다운 순간 중 하나였다.

돌아왔다. 책이 가득한 내 아파트. 외로운 사람들은 책으로 삶을 채운다. 나는 자연에서 살지 않는다. 문화 속에서 살지도 않는다. 관계 속에서 살지도 않는다. 책 속에서 산다. 인류의 역사에서 가장 외로운 이들이 써낸 책들이 과연 무슨 도움을 줄까?

오늘 밤에는 나도 마일스도 잠을 이룰 수 없었다. 마일스는 나의 잠옷을 벗기고 내가 절정에 이를 때까지 입으로 해주었다. 섹스를 했고, 그다음에는 내가 입으로 해주었다. 절정이 왔을 때 마일스는 베개에 대고 크게 신음을 토해냈다. 그러고 나서 우리는 부둥켜안고 누워 있었다. 그래도 나는 시차증 탓에 잠이 오지 않아 이 방에 왔고, 책을 육십 쪽 읽은 뒤에 램프 하나의 불빛 속에서 핫초콜릿을 마시며 창밖에서 세게 쏟아지는 빗소리를 들었다. 사이드보드에 쌓인 잡지들을 들척이면서 날이 밝으면 잡지를 추려서 내다 버려야겠다고 생각했다.

아이가 들어섰을지도 모른다는 두려움이 아침에 불쑥 들었다. 임신한 듯한 느낌이 강하게 들었다. 하지만 난 아이를 원하지 않아! 쨍쨍한 햇빛을 받으며 약국에서 돌아오는 길에 어린이들이 놀고 있는 공원을 가로지르며 사후 피임약을 먹었다.

⌒

초조한 마음, 걸으면서 느낀 불쾌함, 정원 둘레에 지나치게 빽빽이 늘어선 해바라기, 모든 사람이 즐기기에는 불충분한 햇볕, 너무도 불공정하게 분배된 사랑, 나에게 사람들이 의존하고 있다는 부담감, 실패하고 있다는 불안감. 무언가를 이룬 지금 더는 할 일이 별로 없으며 삶에서 노력할 이유가 남지 않았다는 권태감. 잉여 인간이 된 듯한 자괴감. 세상이 끝나가고 있으며 다른 사람들의 인생 역시 무의미하고, 다들 자기 내키는 대로만 할 뿐 다 같이 힘을 모아 한 방향으로 나아가고 있지 않다는 생각이 든다. 어두운 정원에 드리운 또 하나의 어두운 그림자. 호기심 많은 여성에게는 그 어느 방향도 올바르게 느껴지지 않는다. 무엇을 택해도 너무나도 많은 것을 잃어버리는 듯하다.

할 말은 이것뿐. 위험을 감수하지 않고 도전도 하지 않은 모든 순간의 나를 용서한다. 경험을 키질하고 골라내 나의 삶을 좁힌 모든 순간의 나를 용서한다. 두려움은 가능성만큼이나, 아니, 때로는 더 강하게 우리를 움직이니까.

～

이렇게 될 줄 처음부터 알아야 했는데. 아이를 갖는 일을 고민한 모든 순간에 느낀 달뜸과 어지러움은 내가 더 깊고 단단한 내면에서 결정을 내릴 때 기분과 전혀 달랐다. 그렇게 내린 다짐은 장점과 단점이 정확히 같은 양으로 섞인 채 환상의 여지 없이 어둡게 마음속에 가라앉았다. 하지만 아이를 낳는다고 생각하면 마치 헬륨을 흡입한 듯이 어질어질했는데, 이제껏 내가 살면서 충동적으로 시작하고 또 충동적으로 그만둔 일을 하기 전에 늘 그랬다.

오늘 은행에 다녀오는데 차고에 있던 늙은 남자가 내가 가까이 지나가도 쳐다보지 않았다. 다행스러웠다. 타인의 시선은 늘 불편했다. 그 세계의 손아귀에서 벗어나 완전히 다른 영역으로 넘어가니 너무도 자유롭다. 남성의 욕망에 지배되지 않고 그 욕망을 가뿐히 지나치는 곳. 남성에게 더는 욕망을 자아내지 않게 되고서야 비로소 여성은 명료히 생각할 자유를 얻는다.

~

그것이 지나가서 기쁘다. 마치 영혼 위로 폭풍이 몰아치는 듯했다. 드디어 폭풍이 지나가자 구름이 걷히고 햇빛이 다시 비치며 나의 세상을 밝힌다. 다시 볼 수 있다. 지금껏 살면서 내가 봐온 것들이 다시 시야에 들어온다. 삶이 온 방향으로 얼마나 멀리 뻗어나갈 수 있는지 보인다. 아이를 갖는다는 생각에 사로잡혔을 당시에는 아이가 없이는 삶이 멀리 혹은 깊이 뻗어나갈 수 없을 것 같았다. 삶이 공허하게 느껴졌다. 지루하고 빈곤하게 느껴졌다. 내가 사랑하는 대상들이 죄다 부족하고 아이 없음의 공허를 채울 수 없을 듯했다. 삶이 늘 허전할 것 같았다.

그때보다 나이가 든 지금, 나이가 든 만큼 아이를 갖고 싶은 갈망이 사라졌다. 나의 현재 삶은 미래를 위한 투기나 설계도가 아니다. 나의 삶일 뿐이다. 나이 듦이 유쾌하게 다가온다. 더는 고민할 문제가 없다는 홀가분함. 이제는 결정하느라 골머리를 앓거나 본능의 부름에 맞서 진정한 나의 목소리를 더욱 크게 내려 애쓰지 않아도 된다.

생물적 욕구가 나를 잊었다는 사실에 어마어마한 안도감을 느낀다. 축복에 가깝다. 자식이 없는 사람은 특정한 나이에 이르면 자기 자신을 아이로 삼는다. 삶이 다시 시작되는데, 이번에는 자기 자신에게 헌신한다. 그 시간을 내가 어떻게 쓸까? 그러나 우리가 시간을 소유하지 않았다. 시간이 우리를 품고 있다.

너무 오래 기다리다 시기를 놓쳤을 때, 무언가를 할 시기가 지나갔을 때는 그렇다고 인정하라. 꼭 생물적인 이유가 아니더라도 너무 늦었을지 모른다. 때를 놓친 것이다. 해가 지고 나서 먹는 밥을 아침밥이라고 부를 수 없다. 나는 인생의 오후에 이르렀다. 아이를 가질 시간은 아침이다.

⌒

답을 찾았을 때 내가 이렇게까지 나이가 들었으리라고 예상하지 못했다. 그저 내가 시간의 흐름에 실려 나이가 듦으로써 문제가 스스로 해결될 줄 몰랐다. 그 모든 질문의 끝은 선득할 정도로 단순했다. 또한, 뜻밖이었다. 아이를 갖는 일을 그토록 오랫동안 지독하게 고민했는데, 나이가 들어감에 따라 점차 생각이 뜸해졌다. 이런 변화에 때로는 안도감이 들고 때로는 씁쓸하지만 대개 아무렇지도 않다.

내가 가임기의 끝자락에 다다랐음을 아직은 완전히 받아들이지 못했다. 내가 가장 겁내던 질문 자체가 무의미해졌다. 그런 질문이 합당하던 때는 한참 지났다. 선택할 시기가 지났다는 사실을 자인하지 못하겠다. 기회를 놓쳤다고, 아니, 죽어라 애써 기회를 날려버렸다고, 기회를 놓치기를 원했다고 곧이곧대로 말하거나 인정하지 못하겠다. 애초에 그 기회를 원한 적도 없으면서, 끝내 돌아서기 직전까지 고민할 의무감을 느꼈다.

내가 어떤 경험을 놓치고는 있겠지. 하지만 나는 그 경험을 놓치는 편이 좋다.

나를 휩쓸어 잠에 빠뜨리려던 파도에 굳세게 맞섰다. 아이를 낳게 하는 잠. 자연의 요구에 순응하는 일은 과연 일종의 잠에 취한 상태와 마찬가지다. 그 파도에서 벗어났다는 사실에서 나는 아이를 낳는 일만큼이나 큰 환희와 애정을 느낀다. 그러나 나의 경험이 준 선물은 쉬이 눈에 보이지 않는다는 점에서 아이를 낳는 일과는 전혀 다르다.

나는 지금 이 순간 현존하는 사람들을 사랑한다. 읽어야 할 책은 끝이 없고, 내가 거주해야 하는 침묵의 세계는 광활하다. 내가 모든 종류의 삶을 살아보거나, 모성이라는 특정한 사랑을 꼭 경험해야 할 필요는 없다. 삶을 피해 숨을 수는 없다. 나의 선택과 무관하게 삶은 내게 경험을 안겨줄 터이다. 아이를 갖지 않는다고 삶을 피하지는 못한다. 삶은 계속해서 나를 이런저런 상황에 처하게 하고, 새로운 것을 보여주고, 내가 원하지 않아도 나를 어둠으로 이끌며 이해할 수 없는 온갖 지식의 보고로 안내할 것이다.

⌐

어릴 적에 내가 커서 아이가 있으면 어떨지 상상할 때마다, 그 상상은 언젠가는 내가 고아가 되겠거니 하는 생각으로 이어졌다. 어머니와 아버지를 잃고 나면 내가 하늘의 별처럼 아름답고 진정 고독한 존재가 되리라고 믿는 듯이, 가슴 한구석에서는 그날을 고대했다. 그런데 아이를 가지면 나는 그런 존재가 될 수 없을 터이다. 그 누구의 손에도 미치지 않는, 어둠에 감싸인 채 빛을 뿜는 존재가 될 수 없을 터이다.

그렇다면 나는 줄곧 알고 있었을까? 내 다리 사이에서 아기가 태어나는 일은 없으리라는 사실을? 절대 일어날 수 없으며 일어나지 않으리라고 아주 어렸을 때부터 알았을지도. 내 몸은 출산이라는 관념에 늘 거부감과 이질감을 느꼈다. 내가 낳은 자식을 남기고 죽는 일은 상상한 적도 없다. 나의 마지막 순간을 그려보며 아이를 갖는 일을 질문했다면 바로 답을 얻었겠구나. 분만실이 아니라 임종 자리를 생각했어야 했다. 나의 포궁에서 나온 아이를 도저히 상상할 수 없는데, 죽은 나를 애도하고 있는 아이는 심지어 더 상상하기 힘들다. 삶의 끝에서 뒤를 돌아봤어야 했다.

지난밤에 침대에서 마일스가 말했다.

아이가 없는 게이 커플을 보면서 자식이 없다는 이유 하나로 그들의 삶이 무의미하거나 피상적이거나 공허하다고 생각하는 사람은 없어. 아이 없이 살면서 서로 사랑하고 자기 일을 즐기고 아마도 아직 성관계를 활발히 하며 평생을 함께 보내는 두 남자를 안타깝게 여기는 사람은 없어. 아버지가 아니라는 이유 하나로 그들이 내심 자기 인생이 협소하고 황량하다고 한탄하리라고 추측하는 사람은 없다고. 아무도 그렇게 생각하지 않아! 말도 안 되잖아! 또, 원하면 아이를 가질 수 있지만 어떤 이유로든 그러지 않기로 결정한 레즈비언 커플을 생각해 봐. 오륙십 대가 되었을 때 그들은 누구보다 멋진 커플이야. 자신만만하고 여유롭지. 그 누구에게서 어떤 도움도 필요하지 않은 듯해. 누가 감히 그들을 보며 영혼 깊은 곳에 끝없는 후회와 갈망이 도사리고 있다고 생각하겠어? 단지 그들이 어머니가 아니라는 이유로? 아무도 그러지 않아. 어리석을 뿐만 아니라 모욕적이야. 사람들은 이

성애자 커플의 경우에만 아이가 없으면 삶이 공허하리라고 추측해. 아니, 사실 남자를 보고는 그렇게 생각하지 않아. 오히려 그가 무언가를 탈출했다고 부러워하지. 여자는 안쓰럽게 여기면서. 아이가 없는 여자는 직업이 없는 성인 남자와 마찬가지로 세상에서 괄시와 비난을 받아. 마치 그녀가 죄라도 저지른 것처럼. 자부심을 품을 자격이 없는 것처럼.

꩜

부정적인 생각에 한없이 빠져들 때마다 나는 마일스가 여성을 존중하지 않는 남자일까 봐 걱정했다. 하지만 이제는 나를 어머니로 만들 필요를 느끼지 못하는 그의 마음이 그가 나를 존중한다는 뜻이라는 생각이 든다. 어쩌면 마일스는 여자인 나보다 심지어 더 깊은 존중을 담아 여성을 생각하는지도 모른다. 나는 내가 마음속을 깊이 파고들어 오랫동안 찾기만 하면 어머니가 되고 싶은 열망을 끝내 발견할 터이고, 그 자아를 숨은 자리에서 끌어내 나의 정체성으로 삼을 수 있으리라고 생각했다.

피해 의식과 아픔이 최고조에 이를 때면 나는 마일스가 나를 결함이 있는 여자로 보아서 나를 통해서는 아이를 가지지 않으려고 하나 의심했다. 그가 단순히 나라는 인격체를 존중한다는 뜻이라고는 왜 생각하지 못했을까? 마일스는 나를 어떤 목적의 수단으로 이용하려고 하지 않았는데, 왜 나는 그가 여자로서의 나를 거부한다고 여겼을까? 마일스는 나를 원해서 나와 함께하고 싶어 했는데, 나는 그가 자신의 핏줄을 이어갈 수단으로서 나의 가치를 인정해주기를 바랐다. 마일스가 아니라 나의 마음이 뒤틀렸다. 그는 나를 존재 자체로 가치가 있는 온전한 사람으로 보았는데, 도리어 나는 상처를 받고 온갖 의심을 했다.

수차례 나는 화를 내며 스스로에게 물었다. *왜 남자와 사랑에 빠져버렸어? 왜 삼십 대가 되도록 그의 곁에 머물렀어? 나랑 아이를 갖고 싶어 하지도 않는 남자랑?* 하지만 이 질문에 답이 담겨 있다. 내심 나는 아이를 원하지 않았으므로 같이 아이를 갖기 어려운 남자 곁에 머무른 것이다. 반대로 어떤 여자들은 아이를 같이 가질 수 있는 남자를 찾듯이.

동네를 걷다가 보도 틈새를 뚫고 돋아난 풀포기들을 보았다. 저들도 시작은 땅속에서 이루어졌겠지. 그러니 나 역시 아주 오랫동안 땅속에 묻혀 있었다 해도 괜찮은지도. 아름드리나무도 한때는 가느다란 줄기에 불과했다. 자연의 강한 것들 가운데 초기에는 약하지 않았던 것이 무엇이 있으랴? 지금껏 약했다고 해도 얼마든지 강해질 수 있다.

끝내 아이를 낳지 않고 가임기를 거의 넘겼다는 사실에 놀라기도 하고 들뜨기도 한다. 기적처럼 느껴진다. 간절히 이루고 싶었으나 자신하지 못했던 일을 해낸 기분이다. 과연 해낼 수 있을지 불안했지만 이제는 가슴속에 안도감이 충만하다.

이제는 무슨 일이 일어나도 두렵지 않다. 삶에서 가장 까다로운 시기를 지나쳤다. 마일스에게 얼마나 고마운지. 그가 없이는 이곳에 도달하지 못했을 테니까.

이 책을 쓰기 시작했을 때 나는 이것을 하나의 묘책으로 생각했다. 이 책을 쓰며 내가 아이를 원하는지 진심을 알아낼 수 있겠다고 생각했다. 나의 예술을 수단으로 삼았다고 생각했지만 사실은 예술이 나를 수단으로 삼았다. 수년간 나를 놓아주지 않고 글을 쓰게 만들었다. 조금만 더 쓰면 답을 찾을 수 있으리라고 감질나게 유혹하고, 어쩌면 내일은 모퉁이 바로 너머에서 정답을 찾을 수 있을지도 모른다고 약속하면서. 약속한 날은 오지 않았으나 그 희망 덕분에 서른여섯, 서른일곱, 서른여덟, 서른아홉 살을 넘겼고, 이제 몇 달 뒤에 나는 마흔 살이 된다.

고작 몇 달 전만 해도 올해 안에 이 책을 끝내야 한다는 압박감에 시달렸다. 아이를 갖기 전에 이것만큼은 반드시 해내야 한다고 믿었다. 그러나 어젯밤에 나는 책을 서둘러 끝내지 않기로 했다. 나 자신에게 고작 두 달이 아니라 열 달, 일 년, 이 년, 아니 십 년을 주어도 된다고. 그것이 아이를 가지려고 서둘러 책을 끝내는 일보다 백만 배는 더 영혼에 건강하게 느껴졌다. 백만 배더 참되고 애정 어린 행동이라고 생각되었다.

침실 거울 앞에 지금껏 둔 칼을 집고, 의대 시절 사진 속에서 어머니가 메스를 쥔 자세로 칼을 쥐어본다. 시체 한 구 뒤에 어머니는 다른 여의사 세 명과 서 있다. 그들은 좋은 시간을 보내고 있는 듯하다. 어머니가 시계를 차고 녹색과 금색 반지를 끼고 있다는 사실이 믿기지 않는다.

　그 칼로 베어 훤히 드러낸 내부, 종이 위에 놓인 몸을 부검한 끝에 내가 무엇을 찾았을까? 뉴욕에서 만난 점쟁이의 말이 사실인지 궁금하다. 나의 결혼 전 성과 결혼 후 성이 모두 기억되리라고 말했지.

점쟁이는 마일스와 내가 두 딸을 가질 것이며 죽는 날까지 함께하리라고 예언했다. 또한 내 포궁에 전암 세포가 있다고. 하지만 그것은 나의 할머니 이야기다. 할머니는 딸을 두 명 두었고 죽는 날까지 남편과 함께했으며 포궁의 전암 세포가 암세포로 발전했다. 또한 결혼하고 나서 성이 달라진 사람도 할머니다. 나에게는 성이 하나뿐이다.

점쟁이가 한 말이 사실이라면, 나의 모계 가족 삼 대가 저주를 받았다면, 내가 아니라 증조할머니가 저주를 받았다는 뜻이리라. 증조할머니는 찢어지게 가난해서 흙바닥 집에서 살았으며 유행성 감기에 걸린 뒤에 치료를 받을 수 없어서 아이 넷을 남기고 죽었다. 고아가 된 아이들은 강제수용소로 끌려갔고, 한 명은 거기서 죽었다. 내 삶이 어떤 면에서 저주를 받았다고 할 수 있을까? 나는 저주를 받지 않았다. 오히려 늘 일이 잘 풀리는 편이었는데, 내가 잘해서가 아니었다.

하지만 할머니는 책을 쓰지 않았으니까 점쟁이가 언급한 책은 내가 지금 쓰고 있는 책이 틀림없다. 그리고 점쟁이가 이 말을 했을 때도 나의 운명을 이야기했다고 믿는다. 그의 손에 당신의 삶을 맡겨도 돼.

어머니는 내 중간 이름을 막달렌이라고 지었다. 자기 어머니의 이름을 내 속에 넣었다. 그러니까 어쩌면 점쟁이가 나와 내 안의 막달렌 두 사람 모두에게 말하고 있었는지도.

나는 마일스와 겪는 일상적이고 소소한 슬픔을 딛고 내 것이 아닌 더 큰 슬픔으로 들어가는 듯하다. 마일스 때문에 괴롭다고 생각한 모든 순간에 나는 그 슬픔을 파고들 수 있을 만큼 더 크고 넓게 만들었다. 우리의 다툼을 이용해 눈물을 끌어냈다. 너무도 깊숙한 곳에 자리한 오래된 슬픔에 가닿고 그것을 치유하려면 그 고통이 필요했다.

그때 타로 카드로 점을 봐준 여자의 말을 기억했다. 이것을 발산하는 방법이 있어요. 내 것이 아니라면 이 고통 덩어리를 제자리로 돌려보내주세요. 소리 내어 말해요. '나는 이것을 돌려보냅니다. 이것을 최대한의 치유와 사랑으로 감싸서 돌려보내주소서. 난 이것을 원하지 않아요. 이것을 반기지 않아요. 이것은 내게 도움이 되지 않아요.'

내가 가진 모든 치유와 사랑의 힘을 이 책에 쏟았다. 할머니가 묻힌 저 대양 너머로 이 책을 보낼까? 할머니의 무덤 속에 사는 벌레들에게 주어야 할까? 그들에게 슬픔을 줄 필요는 없겠지. 유골 가루처럼 세상에 흩날릴까. 이 책의 출간은 항아리 속의 유골 가루를 세상에 뿌리는 일. 바다로, 숲으로, 도시로, 어디로든 날아갈 수 있게.

어머니 집으로 가져가면 어떨까. 문을 두드리고 어머니에게 다가서서 말할 것이다. 여기 있어요. 책에 할머니의 슬픔과 어머니의 슬픔과 나의 슬픔이 담겨 있어요. 슬픔의 이유가 전부 담겨 있지는 않아요. 내가 그 이유를 다 알 수는 없으니까요.

어머니가 책을 넘겨보는 동안 나는 거기 서서 궁금해하겠지. 어머니와 내가 우리의 삶을 통해 할머니의 삶을 기렸을까요? 조금이라도 도움이 되었을까요? 우리가 맡은 바 과업을 해냈을까요? 할머니의 삶이 어머니의 기준에서 가치가 있었다고 말할 수 있을까요? 이것이 우리가 처음으로 함께한 일인가요? 어머니는 악몽을 짊어지고 살았고, 나도 마찬가지예요. 이제는 내려놓아도 괜찮을까요? 이 책을 내려놓으면서 어머니의 슬픔도 내려놓을래요? 어머니의 임무에서 남은 것을 내려놓고 드디어 만족하며 쉴 수 있을까요?

어머니는 이렇게 말할지도 모른다. 이유를 다 몰라도 괜찮아. 암을 진단할 때 이유를 말할 필요는 없잖니. 양성인지 악성인지만 말하면 돼.

그럼 나는 물어볼 것이다. 그 모든 눈물, 암세포처럼 자라나는 이 슬픔이 전문가로서 어머니의 의견에는 양성인가요, 악성인가요?

신중히 살펴보았는데 양성 같아. 수술하지 않는 편이 좋겠어. 그냥 두는 것보다 제거하는 쪽이 더 위험하거든.

집에서 차로 몇 시간 가야 하는 작은 마을에서 개최한 문학 축제에서 내 책을 읽었다. 원고를 마무리하고, 내가 완전히 이해하지 못하고 있다는 불안감과 충분히 이해하고 있다는 확신이 뒤섞인 심정으로 어머니에게 원고를 보냈다. 읽어달라고 부탁하면서, 책에 어머니의 결혼 전 성인 베커와 결혼 후 성인 월드너 중에 무엇을 쓰기를 원하는지 어머니에게 물었다. 그러고는 망설임 없이 우편을 보냈다. 그러자 크나큰 기쁨이 가슴에 차올랐다.

⌇

마을에 도착하고 처음으로 동네를 구경하러 나갔다. 나의 숙소인 작은 집을 떠나 라이트하우스 스트리트를 걸으며 호수가 내려다보이는 절벽으로 가니 모든 것이 초록빛에 축축이 젖어 있었다. 종일 내린 비가 그쳤다. 절벽의 가장자리를 따라 걷다 보니 물가로 이어지는 듯한 나무 계단이 나타났다. 나는 흰 나이트가운 위로 회색 스웨트 셔츠를 입고 흰 운동화를 신고 있었다. 쌀쌀한 날씨에 옷을 허술하게 입었다. 대여섯 계단을 내려갔을 때 발을 헛디뎌 넘어졌고, 언덕길에 박힌 나무 계단에 종아리 뒤쪽을 계속해서 부딪히며 미끄러져 계단 끝으로 철퍼덕 떨어졌다. 기겁한 동물처럼 후다닥 일어나서 언덕을 다시 올라갔고, 녹색 들판을 서둘러 지나쳐 거리로 돌아왔다. 내 옆으로 나이 지긋한 커플이 지나갔다. 그들은 석양을 보러 절벽 끝으로 향하고 있었다. 오후 9시가 거의 다 되었는데 수평선에 깔린 구름은 여전히 붉은빛을 머금고 있었다. 여자가 내 다리에 피어나는 멍을 보고 말했다. 심하게 다쳤네요. 아니카를 좀 발라요. 우리 세 사람은 거기 서서 마지막 황혼빛을 보았다. 남자가 말했다. 여기서 남쪽으로 이십 마일 내려가고 꺾어서 삼십 킬로미터를 가면 나라에서 가장 큰 소금 벌판이 있어요. 소금 채굴장입니다. 여자와 나는 몰랐던 사실이었다. 그들이 떠난 뒤에 나는 녹색 들판에 남아 하늘에 깔리는 어스름을 바라보았다. 그 풀밭 위에서 잠들고 아침 이슬을 맞으며 깨어나면 더없이 행복할 것 같았다.

〜

아침이 되었을 때 나는 묵고 있던 집의 침대에서 일어나 휴대전화를 올려놓은 탁자로 손을 뻗었다. 십 분 전에 내가 막 잠에서 깨어날 때 어머니가 이메일을 보냈다. 나는 휴대전화를 들고 이메일을 읽었다.

제목: 굉장해!

나는 세상에서 어머니를 가장 사랑했고, 어머니는 내 삶에서 오래도록 가장 중요한 사람이었어.

너를 임신했을 때 나는 아들을 낳을지도 모른다는 가능성은 머리에 들이지도 않았어. 어머니를 잃었으니까, 딸을 낳아야만 세상이 다시 완벽해질 수 있었어.

조금 있으면 네가 마흔 살이니, 어머니가 돌아가신 지 마흔 해가 넘었구나. 너는 할머니를 한 번도 만나지 못했지만 바로 네가 할머니에게 영생을 줄 거야.

굉장해! 그래, 세상이 다시 완벽해졌어.

고맙구나, 아가. 너를 많이 사랑한다.

그리고 나는 내가 씨름한 장소를 마더후드라고 불렀다. 여기
서 신을 대면하고도 살아남았으니.

옮긴이: 구원

프리랜서 번역가 및 출판 기획자로 활동하고 있다. 『셔기 베인』, 『우리가 얼마나 아름다웠는지』, 『먼고 해밀턴』 등을 우리말로 옮겼다. 캐서린 맨스필드 단편선 『차 한 잔』과 『프렐류드』를 엮고 옮겼다. 『셔기 베인』으로 제16회 유영번역상을 수상했다.

마더후드

1판 1쇄 발행 2024년 12월 16일

지은이 실라 헤티
옮긴이 구원
편집 이경호
표지디자인 구원

펴낸곳 코호북스(coho books)
주소 강원도 홍천군 두촌면 한계길 84
등록 2019년 10월 17일 제2019 – 000005호
전자우편 cohobookspublishing@gmail.com
팩스 0303 3441 1115
ISBN 979-11-91922-25-7 (03840)
책값은 뒤표지에 있습니다.